Tarnschieber

HARALD AXMANN

Tarnschieber

39 Jahre auf Streife im schwäbischen Bottwartal

– 22 authentische Erlebnisse –

Bibliografische Information der Deutschen Nationalbibliothek
Die Deutsche Nationalbibliothek verzeichnet diese Publikation in der
Deutschen Nationalbibliografie; detaillierte bibliografische Daten sind im
Internet über http://dnb.dnb.de abrufbar.

© 2015 Harald Axmann
Satz, Umschlaggestaltung, Herstellung und Verlag:
BoD – Books on Demand
ISBN 978-3-7392-9065-2

Inhalt

Die 1970er-Jahre

Altes Polizeirevier Marbach   9

Sprengstoffdrohung   12

Flucht aus dem Revier   15

Objektschutz Späth   17

Brandunfall Höpfigheim   18

Objektschutz Schleyer   21

Die 1980er-Jahre

Trunkenheitsfahrt Erdmannhausen   25

Todesfall Affalterbach   28

Hammermörder   30

Die 1990er-Jahre

Neues Polizeirevier   35

Taxiunternehmer   36

Dienstunfall   38

Fahren ohne Fahrerlaubnis   41

Flucht aus der Zelle 44

Stadtstreicher 46

Die 2000er-Jahre

Jahreswechsel 2000 51

Besuch vom Redakteur 52

Dreister Einbruch 54

Vermisster bei Steinheim 57

Vermisster bei Großbottwar 60

Vier Tresorräuber 63

Tödlicher Verkehrsunfall 68

AMOK Winnenden 72

Alkoholiker 77

Der Autor 82

Die 1970er-Jahre

Altes Polizeirevier Marbach

Das alte Polizeirevier der Stadt Marbach am Neckar thront mitten in der von Touristen gerne besuchten Altstadt, in unmittelbarer Nähe von Dichter Schillers Geburtshaus.

Es handelt sich um ein erhaltenswertes historisches Fachwerkhaus, das sich zu Beginn meiner Zeit beim Revier, Mitte der Siebzigerjahre, bereits bergabwärts, zur nördlichen Stadtmauer hin, neigte. Das Gebäude hatte durch die vielen kuriosen Vorfälle, die sich in ihm ereigneten, bestimmt allen Grund dazu.

Die Wache, der Streifendienst, befand sich im ersten Stockwerk. Im Erdgeschoss waren die Arrestzellen und sanitäre Einrichtungen. Im Obergeschoss waren der Tagesdienst, Geschäftszimmer und der Revierführer untergebracht. Um zu den oberen Stockwerken zu gelangen, musste man in einem dunklen Gang eine steile Steintreppe überwinden.

Direkt unterhalb des Reviergebäudes, gegenüber dem Schillerhaus, befand sich die Bäckerei Krumrey. Dort wohnte ich mit herzlichem Anschluss an die Familie sieben Jahre lang.

In der verwahrlosten kleinen Hausruine direkt oberhalb wohnte das Marbacher Urgestein Elfriede Gundel. Sie sprach mich öfter, meist leicht alkoholisiert, an und erzählte mir, nur mit einem Zahn im Mund, im breitesten Schwäbisch, von ihren Nöten.

Nach dem Abendessen bei Familie Krumrey war ich auf dem Weg zum Nachtdienst. Auf dem schmalen Weg, umrahmt von den uralten Häusern, den Wilder-Mann-Brunnen im Blick, kam mir der Nikitscher Franz mit seinem Zweitakt-Agria-Gespann entgegen. Ein kurzer freundlicher Gruß. Er kam von der Weinlese.

Gerade zeigte sich ein herrlicher Sonnenuntergang über der verlegen geröteten Altstadt.

Elfriede stand in der Kittelschürze grinsend an ihrem Treppenaufgang und rief mir zu: »Des isch a Obendröte, gell!«

Das konnte ich nur bestätigen. Ich lief aber gleich weiter. Mein Dienst begann!

Marbacher Polizeirevier

Franz vor Elfriedes Haus

Sprengstoffdrohung

Obermeister Günter Stey waren seine texanischen Wurzeln schon anhand seiner Erscheinung und Verhaltensweisen her anzusehen. Er trug einen schmalen ausrasierten Oberlippenbart und verhielt sich ständig auffallend unaufgeregt, lässig wie ein Texas Ranger. Wenn er mit den damals noch zahlreich vorhandenen US-Soldaten, Militärpolizisten oder amerikanischen Unfallbeteiligten sprach, konnte ich wegen seiner singenden Aussprache nur wenig verstehen.

Er war in meiner Dienstgruppe, dreiundzwanzig Jahre älter als ich. Die meisten Kollegen nannten ihn »Sergeant Ellis«.

»Wenn ihr iber mein Hof laufet, schieß i euch ab und spreng danach des Haus en' d Luft!«

Nach ein paar Wochen im Streifendienst saß ich nachmittags am Funktisch und nahm diese Mitteilung am Notruftelefon entgegen. Der männliche Anrufer mittleren Alters klang verzweifelt und entschlossen. Er nannte seine Adresse in Marbach und seinen Namen, Frank L.

Eine Streife von unserem Revier hatte bereits einen anderen dringenden Auftrag. Der Sergeant meinte, dass wir ja mal hinfahren könnten.

Jetzt meldete sich der Rettungsdienst Marbach. Dort hatte Frank L. Ähnliches mitgeteilt. Sie schickten auch ein Fahrzeug. Der Bombendroher sei ein dort bekannter Sanitäter.

Als Günter und ich am Zweifamilienhaus eintrafen, hatten sich die drei Marbacher Sanitäter-Legenden, K. Fund, E. Graf und Beckbissinger, bereits mit dem Sanka in ausreichender Entfernung in Deckung gebracht. Ich stellte den Streifenwagen in einer Nebenstraße ab.

Zunächst lauschten wir, ob sich im Haus etwas tut. Absolut nichts zu hören!

K. Fund, ein schon damals erfahrener DRK-Rettungsdienstler, meinte, dass man die im Obergeschoss wohnenden Leute herausholen müsse, bevor der Mann sich zu einer Sprengung entschließen sollte.

Auf dem Weg zum Hauseingang hatte man kaum Deckung. Es gab nur einen niederen Holzscherenzaun. Wir liefen gebückt rasch am Zaun entlang und die Treppe zum Hauseingang hoch. Dort war die Tür zum Treppenhaus angelehnt.

Stille!

Ich stieß die Tür vorsichtig auf. So konnten wir zur oberen Wohnung gelangen und das dort wohnende junge Pärchen unauffällig aus dem Haus bringen. Sie konnten den dortigen Garten über einen zweiten Ausgang verlassen.

Jetzt stand ich als Erster neben der Wohnungstür im Erdgeschoss, eine bei Altbauten übliche Holztür mit einer Milchglas-Fensterscheibe, an der Klingel der richtige Name. Hinter mir warteten die drei Sanitäter. Sergeant Ellis bildete die Nachhut des kleinen Trosses, sicherte uns nach hinten ab!

Ich entschloss mich spontan, die Glasscheibe mit dem Fuß komplett auszutreten, und hatte dabei schon die Walther-P5-Polizeipistole in der Hand. Kurz zuvor kam mir noch der Gedanke, dass eine Unterstützungsstreife nötig gewesen wäre.

Jetzt war es dafür schon zu spät. Mein Herz schlug mir bis zum Hals.

Immer noch Stille, als das Glas ausgetreten war!

Schutzwesten, ballistische Helme und dergleichen waren damals noch nicht vorgesehen.

In der Wohnung war es sehr düster. Man konnte jedoch erkennen, dass mehrere medizinische Spritzen, Verbandsmaterial und andere Utensilien auf dem Boden verstreut lagen. Eine Blutspur zog sich durch den Flur und bog weiter vorne nach rechts ab, wo auch ein großer Arztkoffer stand, fast ausgeräumt. Am Koffer angelangt blickte ich in das rechts befindliche Badezimmer. Die Tür war offen. In der Wanne lag der leblose nackte Frank L. im blutrot gefärbten Wasser! Ein in eine Steckdose eingestecktes Kabel führte in die halb gefüllte Wanne.

Ich steckte die Pistole weg und zog erst mal das Kabel raus. Der Mann hatte sich zudem die Pulsadern geritzt. Die Sanitäter konnten ihn erfolgreich reanimieren!

Wir verständigten über die Einsatzzentrale die Kollegen der Kriminalpolizei. Sprengstoff und Waffen wurden nach einer Durchsuchung der Räumlichkeiten nicht aufgefunden.

Wie ich erfuhr, hatte Frank L. schwere Depressionen nach der Trennung von seiner Frau.

Nach dem Vorfall wurde er in den Bodenseeraum versetzt. Dort hat er während seiner Dienstzeit bestimmt Menschen aus ähnlichen Situationen gerettet.

Heute wäre das polizeiliche Vorgehen bei einem solchen Fall anders abgelaufen. Nur eine Streife vor Ort bei einer Bombendrohung, kaum vorstellbar!

Flucht aus dem Revier

Am Dorfplatz Murr fiel dem Sergeanten und mir am frühen Morgen, drei Uhr, ein desolater Ford Taunus 15 m auf. Es war kalt und regnete leicht. Am ausparkenden Fahrzeug heulte der Motor laut auf. Der Auspuff hing herunter, Rost fraß das Blech auf.

Ich klopfte gegen die Fahrertür.

Richard O., ein korpulenter älterer Mann in Arbeitskleidung, kurbelte die Seitenscheibe einen Spalt nach unten. Das reichte schon, um von einer Alkoholfahne umgeben zu sein. Jetzt wusste ich, warum er Schwierigkeiten beim Ausparken hatte.

Ich sagte:»Polizei Marbach, Guten Morgen, Fahrzeugkontrolle, bitte machen Sie den Motor aus!« Mit der Taschenlampe leuchtete ich ins Auto. Plötzlich unterbrach ich meine Bewegung.

Ich erkannte eine Schusswaffe, die neben der Handbremse abgelegt war, und sprach den Mann an: »Lassen Sie die Hände am Lenkrad!«

Günter öffnete die Beifahrertür und nahm die Waffe an sich. Es handelte sich um eine aufgebohrte Kleinkaliberpistole, jetzt mit Kaliber-7,65-mm-Munition bestückt. Das Ding wurde sichergestellt.

Dann stieg er nach Aufforderung widerwillig und behäbig aus dem Fahrzeug, murmelte etwas in sich hinein. Er wurde nach eventuellen weiteren Waffen durchsucht. Ich verschloss sein Auto und steckte die Schlüssel ein. Wir ließen ihn in den dunkelgrünen VW Variant einsteigen, fuhren zur Dienststelle.

Ein Atemalkoholtest mit dem damaligen Prüfröhrchen verlief positiv. Es verfärbte sich vollständig von Gelb auf Grün.

Günter wollte den Fall bearbeiten, in einem seltenen Anflug von Arbeitseifer.

Auf der Wache verhielt sich Richard O. einigermaßen einsichtig. Sein Sohn habe ihn eigentlich von der Kneipe abholen wollen. Der sei aber verhindert gewesen. Die Fahrstrecke nach Hause wäre ja eigentlich nicht weit gewesen, meinte er. Die Waffe hätte angeblich ein Freund von ihm aus dem Schützenverein, dessen Namen er nicht angeben wolle, verändert.

Ich saß im Funkraum nebenan am Fernschreiber, wickelte die Lochstreifen der Tagesmeldungen von den Polizeiposten mit zwei gespreizten Fingern auf.

Sergeant Stey rief:»Wo sind jetzt die Venülen?« Er hatte beim betrunkenen Fahrer eine Blutentnahme angeordnet und wollte diese bei einem Arzt im Krankenhaus durchführen lassen.

Gerade als ich antworten wollte, hörte ich im Erdgeschoss die Eingangstür ins Schloss fallen. Jetzt bemerkte ich, dass Richard O. nicht mehr auf seinem Stuhl im Wachraum saß. Günter war im Nebenraum. Die Verbindungstür war geöffnet. Dass sein Delinquent weg war, bemerkte er noch gar nicht.

Ich rief:»Der ist abgehauen!«, und rannte die steile Steintreppe zum Ausgang hinunter. Sobald ich die schwere Tür geöffnet hatte, empfing mich Dunkelheit und starker Nebel hüllte mich ein. Ich rannte alleine an Schillers Geburtshaus vorbei, die Niklastorstraße bergabwärts, danach durch die mittlere und obere Holdergasse.

Der korpulente Mann war vom Nebel verschluckt!

Richard O. wurde wegen der Trunkenheitsfahrt und wegen des Vergehens nach dem Waffengesetz vom Amtsgericht verurteilt. Die von uns detailliert geschilderten»Beobachtungen zur Trunkenheitsbestimmung« wurden anerkannt, reichten auch ohne Blutprobe aus.

Über vier Jahre später, am 11. Juli 1982, befand ich mich beim Personen-und Objektschutz beim ehemaligen Ministerpräsidenten Lothar Späth in der Nähe von dessen Wohnhaus auf einem Fußweg. Gerade fand das Fußballweltmeisterschaftsendspiel Deutschland gegen Italien statt. Mein begleitender Kollege vom Polizeirevier Bietigheim hatte ein Transistorradio dabei, um das Spiel zu verfolgen.

In der Halbzeit lehnte er an einem großen Mülleimer und meinte:»Zu eurem Revier fällt mir auch noch was ein!«

Ein Mitglied von seinem Schützenverein, der Richard O., habe ihm mal erzählt, wie er vor einer bei ihm durchzuführenden Blutentnahme aus dem Revier geflüchtet sei. Die Beamten habe er ausgetrickst, weil er sich in dem vor dem Haupteingang stehenden großen Kunststoffmülleimer versteckt habe. Erst als alles wieder ruhig war, sei er ausgestiegen und nach Hause gelaufen!

Nach dieser Zeit fand ich das Ganze eigentlich nur noch lustig. Geärgert hat mich nur, dass Deutschland das Endspiel verlor...

Objektschutz Späth

Am Heiligabend 1982 stand ich mit einem Kollegen vom Polizeirevier Kornwestheim wieder mal am Wohnhaus des Landesvaters Lothar Späth in der Kälte. Wir waren zuvor schon einige Zeit in der Nähe auf Fußstreife unterwegs gewesen. Mein Kollege nahm am »Kamel-Hocker« (orientalische Sitzgelegenheit mit zwei Höckern) am Haupteingang Platz.

Mir taten so langsam auch die Füße weh. Zur Ablösung dauerte es noch fast zwei Stunden. In der Nähe stand ein für die Objektschutzkräfte bereitgestelltes Wohnmobil, in dem wir uns hätten aufwärmen können. Der Objektschutzleiter beobachtete dies auf einem Kontrollgang ein paar Tage zuvor und belehrte uns anschließend, dass das »Womo« nur zum kurzen Aufwärmen und nicht für längeres Verweilen gedacht sei. Wir sollten ja beobachten und zu Fuß unterwegs sein. Also harrten wir noch aus.

Gerade in dem Moment, als wir doch wieder ins Womo abwandern wollten, kam Frau Ursula Späth heraus und verkündete uns, dass es die Familie gerne hätte, wenn wir ihnen an diesem Abend etwas Gesellschaft leisten würden.

Das war uns recht. Es gab jeweils ein Glas Rotwein, Brot, Aufschnitt und Gebäck. Tochter Daniela und Sohn Peter waren auch da.

Wir unterhielten uns zunächst über die Tätigkeit von Fr. Ursula Späth in der AMSEL-Organisation, die MS-Kranke unterstützt. Dann fragte man uns, ob wir heute etwas von einem Verkehrsunfall in der Nähe des Wohnhauses mitbekommen hätten. Als Herr Späth ein Ereignis bei der Bundeswehr erwähnte, fragte ich ihn, warum diese unbedingt an der Durchführung der feierlichen öffentlichen Gelöbnisse für die Rekruten festhalten würde, obwohl es in der Bevölkerung Widerspruch und Demonstrationen gegen die Abhaltung gäbe. Der Landesvater entgegnete, dass sich das Land nicht von Minderheiten in der Ausübung der Demokratie beeinträchtigen lasse.

Da hatte er wohl recht!

Es war ein angenehmer Aufenthalt.

Die Ablösung rief uns über Funk. Anschließend wurden die nächsten zwei Kollegen in das Haus gebeten.

Es bleibt festzuhalten: An dem Spruch »Wer zu Spät(h) kommt, den bestraft das Leben« ist gar nichts dran.

Brandunfall Höpfigheim

Ein Kollege aus der alten Dienstgruppe, zu dem ich heute noch Kontakt habe, ist der Rudi P. Er ist fünf Jahre älter als ich und hatte mich mit dem Porsche-911-Oldtimer-Virus infiziert. Damals hatte er bereits eine respektable Fahrzeugsammlung und meist auch die benötigten Ersatzteile und wusste Rat, wenn es Probleme gab. So trafen wir uns auch oft privat zu gemeinsamen Ausfahrten mit den Oldies und den Familien.

Bei schönem Wetter waren wir nachmittags auf Streife, als uns Kollege Werner B. über Funk zur Ortsverbindungsstraße von Höpfigheim nach Großbottwar schickte. Ein Auto sei dort gegen einen Strommast gefahren und würde brennen. Feuerwehr und Sanka wurden bereits von der Einsatzzentrale in Ludwigsburg verständigt.

Rudi fuhr den VW Passat der ersten Generation wie ein Porsche-Fahrer auf dem 24-Stunden-Rennen von Le Mans. Virtuos steuerte er mit quietschenden Reifen durch die Kurven. Diese Ortsverbindungsstraße war bereits damals eine wenig befahrene Straße. Sie führte an Ackerflächen und Obstbaumwiesen vorbei. Heute ist sie renaturiert und nur noch halb so breit.

An der Stelle des Unglücks befand sich im näheren Umfeld ein frisch umgepflügter Acker mit unheilvoll dunklen Schollen. Auf der Anfahrt war schon von Weitem eine weiße, sich hoch auftürmende Rauchsäule wahrzunehmen. Ein alter Pkw Audi 60 stand auf völlig gerader Strecke, ca. 1 m vom Fahrbahnrand entfernt, vor einem Mast der Überlandstromleitung auf dem Acker. Das Fahrzeug stand in hellen Flammen, die aus dem Inneren ins Freie drängten. Die Fensterscheiben waren von der Hitze zerborsten. Die Heckscheibe lag aber unbeschädigt, etwa 50 m vom Pkw entfernt, auf dem Acker, noch umhüllt vom Gummidichtrahmen.

Personen konnte ich im Auto zunächst nicht erkennen. Es war an der Front stark eingedrückt. Der beherzte Versuch eines Feuerwehrmannes, an das Fahrzeug heranzukommen, um die Insassen zu befreien, scheiterte an der Hitzeentwicklung. Der hohe Strommast und die Leitungen schienen unbeschädigt zu sein.

Die Feuerwehr begann mit dem Löschen, obwohl die Leitungen noch unter Strom standen. Der Kommandant gab uns zur Auskunft, dass man das Stromversorgungsunternehmen bereits verständigt habe und in den nächsten Minuten der Strom abgestellt würde. Der Brandherd ließ sich trotz des schnellen Löscheinsatzes nur ziemlich langsam eindämmen, so hatten die Insassen keine Überlebenschance.

Plötzlich war schemenhaft eine kleine schwarze Menschengestalt, der Oberkörper aufrecht auf dem Fahrersitz, zu sehen. Dieser Anblick ließ wohl alle Helfer erschaudern!

Es wurde auch nicht besser, nachdem die bis zur Unkenntlichkeit verbrannte Leiche, jetzt auf eine Aluminiumdecke gelegt, in den Ackerschollen lag. Weitere Personen waren, Gott sei Dank, nicht im Auto.

Der Audi war durch den Anstoß gegen den Mast im Frontbereich zwar deformiert, jedoch fragten wir uns, ob dies die Ursache für eine solche Explosion sein könne, zumal der Benzintank unbeschädigt war. Die eintreffenden Kollegen vom Verkehrsdienst Ludwigsburg teilten diese Auffassung. Wir stellten fest, dass sich auf der Fahrbahn keinerlei Brems- oder Schleuderspuren befanden.

Jetzt kamen Sergeant Stey und Hauptmeister Andreas A., Dienstgruppenführer, der erfahrenste und älteste von uns, zum Unglücksort. Herr A. sprach mit österreichischem Akzent, bruddelte immer gerne über unsere Revierführung.

Die Kriminalpolizei Ludwigsburg wurde jetzt hinzugezogen, da der Verdacht auf eine Selbsttötung nahelag. Die Kleidung der Leiche war im Rücken und Gesäßbereich teilweise nicht vollständig verbrannt, da die Sitzlehne diese Partie bedeckte und vor den Flammen schützte. So konnte Herr A. den Geldbeutel mit dem für die Identifizierung benötigten, noch unversehrten Ausweis aus der hinteren Hosentasche ziehen. Er nahm diesen mit auf die Wache. Schnell bemerkten wir, dass das Teil einen furchtbaren Geruch verströmte und wir alle Fenster öffnen mussten.

Die Ermittlungen der Kriminalbeamten bei den Angehörigen des Toten ergaben, dass der 60-jährige alleinstehende Mann aus dem Heilbronner Raum wohl noch in der vergangenen Woche in einer psychiatrischen Klinik untergebracht war. Er hatte bereits einen Selbsttötungsversuch hinter sich.

Die Kriminaltechniker stellten danach fest, dass im Fahrzeuginneren ein Brandbeschleuniger verwendet wurde. Vermutlich wurde der Innenraum zuvor mit Benzin getränkt. Durch eine am Lenkrad installierte Zündmechanik wurde der Treibstoff bereits vor der Kollision mit dem Strommast zur Explosion gebracht.

Dieses traurige und schaurige Ereignis werde ich nie vergessen. Es zeigte mir in jungen Jahren, nach dem Motorradunfall meines Bruders, den zweiten dramatischen Todesfall.

Ich ahnte, dass da noch einiges auf mich zukommen könnte.

Rudi fertigte eine Lichtbildmappe vom Geschehen an. Die Schwarz-Weiß-Bilder vom ausgebrannten Audi 60 ohne Lack mit der verkohlten Leiche wollten nicht alle anschauen.

Zur Veranschaulichung habe ich ein Bild eingefügt.

Audi 60 am Brandort

Objektschutz Schleyer

Im Deutschen Herbst 1977 war ich im Stuttgarter Bereich im Objektschutz eingesetzt. Es wurden die Anwesen von Personen des öffentlichen Lebens, Richter, Staatsanwälte, Botschaften und Gerichte sowie andere gefährdete Objekte, wie die Landesresidenz des damaligen baden-württembergischen Ministerpräsidenten Filbinger, überwacht. Wir fuhren die verschiedenen Objekte an und achteten auf verdächtige Personen und Fahrzeuge. Die Bilder von derzeit aktuell gesuchten RAF-Terroristen führten wir in einer ausklappbaren Fahndungsmappe immer mit.

Anfang September war ich mit meinem Kollegen Reiner G. in Stuttgart-Gablenberg am Wohnhaus des ehemaligen Arbeitgeberpräsidenten Hanns-Martin Schleyer eingesetzt. Es war vorgesehen, dass wir, abwechselnd mit anderen Kollegen, mit einer mitgeführten MP-5-Maschinenpistole, vor dem Anwesen und auch im Grundstück Streife liefen. Unser Dienstwagen war vor dem Haus abgestellt. Dort stand auch Herrn Schleyers goldmetallicfarbener Mercedes 350 SL, ein echt schönes Auto (der Klassenfeind hätte diesen als Inkarnation des Kapitalismus bezeichnet).

In der Nacht vertrieben wir in dem stillen weiträumigen Garten unsere beklemmenden Gefühle, indem wir auch Lieder aus Reiners Theatergruppe sangen: »Ging gäng gully gully gully, ging gäng guuuh!«

Ein paar Abende zuvor, als es zu regnen begann, kam Herr Schleyer zu uns heraus und fragte, ob wir nicht was trinken wollten. Wir sagten zu und wurden in die gute Stube geführt. Er fragte zunächst nach unserer Dienstgestaltung und plauderte, während wir alle einen Schnaps tranken, aus dem Nähkästchen über seinen politischen Alltag. Darüber, dass er aufgrund der Terrorbewegung gefährdet war, sprachen wir nicht.

Nach etwa einer Stunde guten Gesprächs mit einem sympathischen Mann waren wir wieder im Garten.

Ein paar Tage nach unserem Dienst in der betreffenden Nacht wurde Herr Schleyer, wie allseits bekannt, durch ein RAF-Terrorkommando in Köln entführt und später umgebracht. Der Deutsche Herbst hatte begonnen.

Eine Bande von verblendeten Idealisten versuchte, den deutschen Staat in die Knie zu zwingen. Die Sinnlosigkeit dieses Unterfangens wurde Jahre später sogar von einigen Terror-Protagonisten eingeräumt, was den Zorn über deren Vorgehen aber nicht geringer werden lässt.

Die 1980er-Jahre

Trunkenheitsfahrt Erdmannhausen

Fred ist ein echter Kämpfer. Er betreibt privat Wing Tsun und gab mir während der Streifenfahrten Tipps, wie man sich gut verteidigen kann: »Der eigentliche Kampf findet im wirklichen Leben im Kopf statt und ist meist nach wenigen Sekunden entschieden!«

Da ich mich für das Thema interessierte und man mit ihm einen Kollegen an der Seite hatte, der einem bei einer körperlichen Auseinandersetzung aktiv zur Seite stand, fuhr ich gern mit ihm. Außerdem hatte er eine gute Art von Humor.

Eine namentlich bekannte Frau schrieb einen Brief an das Revier. Sie ärgerte sich über einen Bekannten, der meist abends betrunken mit dem Auto fuhr. Außerdem habe er gar keinen Führerschein mehr. Er fahre einen weißen kleinen Kastenwagen, wie Handwerker ihn fahren würden. Das Kennzeichen laute LB-AX??. Die Zahlen wisse sie nicht. Der Mann heiße mit Vornamen Roland und wohne in der L.-Straße. Sie wisse, dass er so gegen 20 Uhr nach Hause komme, meist schon angetrunken.

Im Nachtdienst hatten Fred und ich mit dem anthrazitfarbenen Audi-100-Turbo-Zivilwagen in einer Parkbucht in der L.-Straße Position eingenommen.

Wir lästern gerade über einen Dienstgruppenführer, im Autoradio lief das Lied: »Take a walk on the wild side!« , als ein weißer Ford Transit an uns vorbeifährt. Das bekannte Teilkennzeichen traf zu. Der Transit hielt an, kurz nachdem er an uns vorbeifuhr. Offenbar wohnte der Fahrer hier.

Ich fuhr zum Transit hin und Fred rief zu dem aussteigenden Fahrer, der mit einem roten Arbeitsoverall bekleidet war: »Polizei Marbach, Personen- und Fahrzeugkontrolle, bitte Führerschein und Fahrzeugschein!«

Wir trugen Uniform, jedoch keine Dienstmütze.

Der Mann mit kräftiger Statur, 1,90 m groß, 35 Jahre, freute sich offensichtlich nicht, uns zu begegnen. Unwirsch zeigte er mir seinen Personalausweis: Roland K. Seinen Führerschein würde er schon seit ein paar Tagen suchen, er habe ihn verlegt. Tatsächlich roch er deutlich kräftig nach Alkohol.

Ich fragte ihn, ob er mit einem Alkoholtest einverstanden sei.

Er meinte: »I mach gar nix, i geh jetzt hoim zom Essa!«

Fred sagte, dass er mit zur Wache kommen müsse, wenn er nicht in das Röhrchen blasen würde. Ohne zu antworten, lief er weiter und entfernte sich rasch von uns. Jetzt liefen wir ihm beide hinterher und riefen, dass er stehen bleiben solle. Ich legte ihm eine Hand auf die Schulter und sagte, dass wir ihn auch unter Zwangsanwendung mitnehmen könnten. Er drehte sich weg und ging auf seinen Hauseingang zu.

Jetzt berührten wir ihn beide. Er begann sofort, mit der Faust zu schlagen und mit den Beinen zu treten. Wir hatten große Mühe, ihn zu Boden zu bringen und ihm die Handschließe anzulegen. Da er sich mit aller Kraft weiter sperrte, hatten wir auch ziemliche Probleme, ihn in das Auto zu bekommen. Er war jetzt überall verschrammt und blutete. Nachdem wir ihn endlich hinten rechts reingedrückt hatten, wollte ich losfahren, als mich Roland K. von hinten unvermittelt mit dem Schuh, knapp am Ohr vorbei, trat.

Kollege Lothar rief uns jetzt auf dem Funkgerät von der Wache aus: »Dora 5/52 von 5/611 kommen!«

Als ich mich meldete, gab er durch: »Fahret Sie nach Affalterbach, da hot a Frau ihren Mah verschossa!«

Ich funkte: »Wir kommen zur Wache, hatten gerade einen Widerstand, haben Person im Fahrzeug!«

Lothar ließ sich nicht davon beeindrucken: »Fahret Sie nach Affalterbach, da hot a Frau ihren Mah verschossa!«

Roland K. ließ sich auch nicht beeindrucken, er trat munter weiter. Fred, der neben ihm saß, hielt seine Beine fest. Wir legten eine Plastikfessel an.

Ich wiederholte nochmals am Funk und wir fuhren mit dem Delinquenten zur Wache.

Roland K. dämmerte es eventuell auf der Wache, was auf ihn zukommen könnte. Eine Anzeige wegen Trunkenheitsfahrt, Widerstand, Fahren ohne Fahrerlaubnis. Er war plötzlich wie verwandelt, war mit allen per Du. Dem Sachbearbeiter Fred gegenüber gab Roland K. zu, dass ihm der Führerschein wegen Trunkenheit schon vor ein paar Jahren abgenommen worden sei. Er wirkte jetzt fast schon kooperativ.

Der Staatsanwalt ordnete eine Blutprobe an.

Als Jochen und ich nach der Blutentnahme im Krankenhaus zur Wache zurückkamen, hatte Fred in seinem Büroraum die bereits ausgefüllten Formulare an zwei Schnüren unter der Decke zum Trocknen aufgehängt. Im Arbeitseifer hatte er versehentlich sein Glas Mineralwasser auf die Akten gekippt.

Im Zimmer nebenan saßen zwei Kriminalbeamte mit einer etwas älteren hageren blonden Frau. Sie erzählte, dass sie jahrelang von ihrem Mann gedemütigt worden sei und sie keinen Ausweg mehr gesehen hätte. Dem Mann wurde zum Verhängnis, dass er den Schlüssel zum Tresor, wo sich sein großkalibriger Revolver befand, nicht vor ihr versteckt hatte.

Mit Jochen fuhr ich Roland K. nach Hause. Weil er ja so kooperativ war, ließen wir ihn hinten alleine sitzen. Alles klar.

Während der Fahrt dachte ich mir, dass plötzlich ein Luftzug spürbar sei. Im Augenwinkel kam es mir so vor, als ob etwas Helles an das Auto flog oder vom Auto wegflog.

Ich fragte: »Jochen, was war das?«

Er drehte sich um und meinte: »Der hat unsere Mützen rausgeworfen!«

Der Passat wurde gleich gewendet. Im Scheinwerferlicht fanden wir eine weiße Dienstmütze in einem Strauch, die andere lag mitten auf der Fahrbahn. Vor dem Haus von Roland K. entschuldigte er sich für alles. Der Abend würde wohl auch ihm in Erinnerung bleiben.

Wir überlegten kurz, ob wir das mit den Mützen den anderen überhaupt erzählen sollten, wegen der nicht beachteten Eigensicherung.

Todesfall Affalterbach

Morgens um halb vier fuhr ich mit Frank J. bei Nebel durch Affalterbach. Wir witzelten über zwei Kollegen, die sich neulich darüber gestritten hatten, wer von ihnen einen Einbruch bearbeiten dürfe. Jeder wollte bei der nächsten dienstlichen Beurteilung der Bessere sein und den Einbrecher im Kindergarten, der dort eingeschlafen war, festnehmen. Ein Golffahrer, der Zeitungsausträger, winkte uns und sprach uns in der Erdmannhäuser Straße an. Er habe etwa 500 m nach Ortsende ein Reh überfahren. Es liege noch auf der Straße!
Mit dem Dienstwagen fuhr ich langsam voraus. Im fahlen Scheinwerferlicht kamen mir einige Meter vor der Liegestelle des Körpers Zweifel, ob das ein Reh sein kann, vor allem, wenn Kleidungsstücke auf der Straße lagen.
Unmittelbar danach wurden wir Zeugen einer schrecklichen Szenerie: Eine Person war vom Golf überfahren worden. Der Körper lag mitten auf dem rechten Fahrstreifen. Das Gesicht war vom Schädel abgetrennt. An dieser Stelle zeichnete sich auf dem Straßenbelag, keilförmig auseinanderführend, eine Spur von Blut und Fleischteilen ab. Ein paar Meter von der offensichtlich getöteten Person entfernt stellte ich rechts im Graben eine Stelle fest, an der Bewuchs zusammengedrückt und kein Morgentau vorhanden war. Für mich hatte es den Anschein, dass die Person dort zuvor gelegen hatte, dann irgendwie auf die Straße gelangt war.
Hektisch meldete ich erst mal an die Einsatzzentrale: »5/600, zwischen Affalterbach und Erdmannhausen eine überfahrene Person, vermutlich ex. Wir brauchen einen Notarzt.«
Dann veranlassten wir eine Straßensperrung.
Ich dachte im ersten Moment, dass es sich um einen älteren Mann handeln könnte. Wie sich später herausstellte, war es ein 18-jähriges Mädchen spanischer Herkunft.
Der Notarzt-Zubringer und ein Sanka sowie die Kollegen vom Verkehrsdienst Ludwigsburg kamen zur Unglücksstelle. Aufgrund der Auffindesituation war anzunehmen, dass eventuell ein Gewaltdelikt vorausgegangen war, so wurde die Kripo angefordert. Die Ermittlungen ergaben, dass Maria R. die Wohnung ihres Freundes in Affalterbach um halb drei Uhr im Streit verlassen hatte. Danach hatte sie niemand mehr gesehen.

Es blieb über Jahre beim ungelösten Kriminalfall.

Nach diesem Nachtdienst konnte ich nicht einschlafen und machte mir über den Fall meine Gedanken. Ich hörte Rudi, der verspätet vom Nachtdienst heimfuhr, mit seinem alten Porsche Targa, 2,0 L, die Niklastorstraße herunterröhrte. Mit viel zu hoher Drehzahl, bei dem kalten Motor, dachte ich mir und schlief dann doch noch ein.

23 Jahre danach stand die spanische Mutter des Mädchens, ich kannte sie vom Sehen her, vor dem Reviergebäude. Ich sprach sie an und fragte, wie es ihr mittlerweile gehe. Der Vorfall hatte ihr Leben geprägt. Sie wurde durch ihre im Haus wohnende Tochter etwas vom Unglück abgelenkt. Auf die damaligen näheren Umstände wollte ich nicht mehr zu sprechen kommen, da ich merkte, dass ihr beim Erzählen ziemlich schnell die Tränen kamen.

Mir auch.

Hammermörder

Der Polizist Norbert Poehlke hatte am 03.05.1984, vormittags, im Wäldchen auf dem Weg zur Kläranlage Häldenmühle, zwischen Marbach und Murr, den sich am Murrufer in seinem Pkw, weißer 5er BMW, ausruhenden Handelsvertreter Siegfried Pfitzer mit seiner Dienstwaffe in den Kopf geschossen. Mit dessen Auto fuhr Poehlke zur Bank in Erbstetten. Mit einem mitgebrachten Vorschlaghammer schlug er ein Loch in das Sicherheitsglas, hielt die Dienstpistole durch und erbeutete einen geringen Geldbetrag.

Ein halbes Jahr später parkte der Engländer Eugene Wethey auf dem einsamen Waldparkplatz beim Feuersee, am Autobahnzubringer Backnang/Mundelsheim gelegen. Poehlke erschoss auch diesen Mann mit seiner Walther P 5. Wieder benutzte er das Auto des Opfers, um die Volksbank in Cleebronn zu überfallen.

Die Polizei bildete jetzt eine Sonderkommission, die Soko »Hammer«, beherbergt im Forsthofhotel. Dort traf ich meinen ehemaligen Strafrechtslehrer, der jetzt der Leiter der Soko war.

Nach diesem zweiten Mord überwachten wir im Streifenwagen und die Kriminalpolizei in Zivilwagen die einsamen Parkplätze im Revierbereich. Wir hatten oft den Parkplatz an der Kaiserberghütte im Visier und fahndeten nach dem zu diesem Zeitpunkt noch nicht identifizierten Täter.

Im Streifenwagen saßen der lebensältere Werner B. und ich vormittags etwas versteckt auf dem Wanderparkplatz Kaiserberghütte am Autobahnzubringer.

Es war November 1984.

Auf dem Parkplatz befand sich momentan kein anderes Fahrzeug. Ein älterer Mann fuhr mit seinem Opel Commodore mit COC-Kennzeichen auf den Parkplatz. Er packte eine Landkarte und eine Vesper aus. Wir kontrollierten ihn. Er sagte, dass er an der Mosel, in Klotten, wohne und am Bodensee jemand besuchen wolle. Als ich ihm empfahl, nicht auf diesem einsamen Platz zu verweilen und besser weiterzufahren, wirkte er sehr verunsichert. Ich erklärte ihm den Grund.

Auf den von uns in den kommenden Monaten überwachten Parkplätzen erschien Poehlke nicht. Aufgrund der aufgefundenen Schusswaffenprojektile wurde angenommen, dass es sich um einen Polizisten handelte. Die Schusswaffen aller Beamten im Stuttgarter Bereich wurden eingezogen, von Technikern des LKA beschossen und ausgewertet. Poehlke verhinderte die Abgabe seiner Waffe.

Nach einer polizeilichen Vernehmung seinerseits geriet er in den Kreis der Verdächtigen, wie auch ein Kollege italienischer Abstammung, der zu Unrecht in Tatverdacht geriet. Er wurde beobachtet, wie er an einer Autobahnraststätte den Karton seiner Dienstwaffe in einem Müllcontainer entsorgte. Ein etwas kostspieliger Lebenswandel kam hinzu und schon hatte er Probleme, sich zu rechtfertigen. Nachdem Poehlke identifiziert worden war, war der Verdächtige wieder rehabilitiert. Er litt jedoch jahrelang unter den damaligen Anschuldigungen.

Im nächsten Jahr, im Juli, schlug Norbert Poehlke das dritte Mal zu. Zwischen Ilsfeld und Flein erschoss er wieder einen Autofahrer, einen Elektriker namens W. Schneider, und raubte dessen Golf GTI.

Zu dieser Zeit befand ich mich mit Werner B. auf Streife. Die Funkleitzentrale (FLZ) löste in Absprache mit der Soko unter dem Stichwort »Hammer« eine zuvor festgelegte Fahndungsaktion aus. Es waren Merkblätter mit Handlungsempfehlungen und Fahndungserkenntnissen verteilt worden.

Der jetzt aktuelle Sachverhalt wurde mit dem damaligen **Tarnschieber** verschlüsselt, Buchstabeneinstellung acht, durchgegeben.

Poehlke versuchte diesmal, die Bank in Spiegelberg zu überfallen. Als ihn ein Angestellter bei seinem Erscheinen gleich mit »der Hammermann kommt!« anrief, suchte der mit dem GTI das Weite.

Jetzt konnte von ihm ein täuschend ähnliches Phantombild erstellt werden. Die Polizei geriet in einen starken Erfolgszwang.

Nachdem er etwas später eine Bank in Crailsheim überfallen hatte, diesmal ohne vorher ein Auto zu rauben, erhöhte sich der Verfolgungsdruck auf Poehlke. Er wurde identifiziert.

Jetzt erschoss er seine Ehefrau, die Kripobeamtin war, und seine kleine Tochter. Mit seinem weißen Mercedes, 123er, T-Modell, fuhr er nach Brindisi, erschoss seinen kleinen Sohn, seinen Hund und sich selbst.

Dies ist bekannte Kriminalgeschichte.

Ein Nachbar von mir, pensionierter Kriminalbeamter, verrichtete mit Poehlke jahrelang Dienst bei der Hundeführerstaffel in Stuttgart. Er sei immer freundlich, unauffällig gewesen. Niemand hätte ihm das zugetraut.

Bei Abbrucharbeiten auf dem Gelände der damaligen Landespolizeidirektion Stuttgart habe man ein paar Jahre vor den Ereignissen ein Sicherheitsglas zerschlagen müssen. Poehlke sei bei den Arbeiten dabei gewesen. Dieser Umstand hatte ihn wahrscheinlich zu dieser Tatausführung inspiriert.

Dass dieser ehemalige Polizist, nur weil er sich beim Hausbau finanziell verkalkuliert hatte und nicht mehr von seinem Lebensstil abweichen wollte, unschuldige Menschen und sogar seine Familie umbrachte, wird immer unfassbar bleiben.

Die 1990er-Jahre

Neues Polizeirevier

Anfang 1991 sind wir in das jetzige neue Revier umgezogen. Ein moderner Betonrundbau, südlich der alten Stadtmauer, außerhalb der Altstadt, gelegen. Der Dienstbetrieb war hier wesentlich besser zu gestalten als in den engen Räumlichkeiten im historischen Altbau.

Die damalige »heimelige Atmosphäre« kam jedoch nicht mehr ganz so auf. Dafür heizt uns die Sonne im Sommer das Glasdach gewaltig auf.

Nur wenige Jahre nach dem Einzug wurde das Gebäude durch einen Amokfahrer vorsätzlich attackiert und schwer beschädigt. Doch davon erzähle ich noch später mehr.

In der Zwischenzeit, nach 24 Jahren, fühlen wir uns hier auch gut aufgehoben. Vom neuen Revier kann man jetzt eigentlich nicht mehr sprechen.

Das »neue« Polizeirevier

Taxiunternehmer

Polizeifreiwillige wurden bei Veranstaltungen, Demonstrationen, teilweise um Mindeststärken zu gewährleisten, eingesetzt, um die hauptamtlichen Kräfte zu unterstützen. Es waren zumeist integre, gestandene Persönlichkeiten, die im Beruf oft gute Positionen innehatten. P. R. war seit ein paar Wochen selbstständiger Taxiunternehmer. Er war im Jahr 1992 kurzzeitig nebenbei Polizeifreiwilliger. Im Kollegenkreis war er etwas umstritten, weil er sich manchmal über Gebühr in Szene setzte. Auf Streife zeigte er mir einmal seine Ferrari-Modellautosammlung und seinen Triumph Spitfire Oldtimer.

An einem Sonntagmorgen saß P. am Funktisch im Wachraum vor dem Notruftelefon. Ich dachte, man könnte ihm mal einen kleinen Streich spielen. Vom Nebenapparat im Aufenthaltsraum wählte ich die Notrufnummer 110.

P. meldete sich mit seinem ihm eigenen Akzent: »Noudruf R., Marbach.«

Ich imitierte die hohe Stimme einer alten Frau: »Ja, hier isch Schneider, Herr R., sind Sie's? I bräucht' a Taxi!«

P. meinte: »Ich gloub ich spinne!«, und ich legte auf.

Er kam aufgeregt zu uns hinter und berichtete: »Jetzt rufen mich die Leute schon über Noudruf an!«

Fünfzehn Jahre später, im Februar 2007, hatte sich P. ein stattliches Wohnhaus zugelegt. Vom Büro aus konnte er durch eine Glaswand seinen roten Ferrari 512, mittlerweile im Maßstab 1 : 1, bewundern.

Er hatte aber noch nicht genug. Um an die Erbanteile seiner Frau H. zu kommen, verabreichte er ihr das Schlafmittel Flurazepam intravenös während einer nächtlichen Unterbrechung einer Taxitour. Danach trug er angeblich seine narkotisierte Frau in die Garage, setzte sie in ihren Pkw und ließ den Motor laufen. Dann fuhr er weiter Taxi.

Stunden später kehrte er zurück und rief die Polizei an. Die Frau war an einer Kohlenmonoxidvergiftung gestorben.

Die Verwandten von H. R. waren mit der dargestellten Suizidversion nicht einverstanden, weil sie immer lebenslustig war, sodass die Kripo in Richtung Mord ermittelte.

Nach Abschluss der Ermittlungen wurde P. R. vom Landgericht zu einer langjährigen Haftstrafe verurteilt.

Ich frage mich gerade, wie ich mich verhalte, wenn er nach seiner Entlassung eines Tages vor mir steht.

Kollege A. hat nach P. R.s Verurteilung dessen Haus ersteigert. Neulich habe ich es mit ihm besichtigt. Für einen relativ günstigen Preis hat A. ein Traumhaus mit unendlich viel Platz für seine Familie bekommen. Für ihn ein echter Glücksfall.

Nur hinter der Glaswand im Büro steht kein Ferrari mehr.

Dienstunfall

»Das nehme ich Ihnen nicht ab, Herr Axmann! ... Und dass Sie den jungen Kollegen da mit hineinziehen!?«, sagte der Revierführer zu mir. Wir standen vor dem Büro der Fahnder und Jochen und Manne sahen auch verlegen aus der Wäsche.

Ich hatte einen Schaden beim Rückwärtsfahren mit dem VW-Transporter verursacht und diesen nicht sofort gemeldet, weil Moritz und ich davon ausgingen, dass nichts passiert war.

Bei frostiger Temperatur im Januar, 05.30 Uhr, Frühdienst, war zunächst eine Gaststättenkontrolle angesagt. Bei der Anfahrt entdeckten der Praktikant Moritz und ich eine frische Ölspur auf der Fahrbahn, von Marbach in Richtung Murr. Weiterhin lagen dort Fahrzeugbruchteile an einer Weinbergmauer. Wir streuten vorerst die Ölspur mit Ölbinder ab und fuhren zur Kontrolle. Die Spur führte auch zum Kontrollort Steinheim.

Nach der Kontrolle nahmen wir die Fährte wieder auf. Beim Rathaus fuhren wir in eine kleine Nebenstraße. Ich nahm an, dass die Spur dort hineinführen würde. Dies traf jedoch nicht zu. Beim Rückwärtsfahren bei Dunkelheit mit dem Bus stieß ich leicht gegen die Ecke einer alten Scheune. Wir stiegen beide aus. Moritz leuchtete mit seiner hellen LED-Taschenlampe gegen die Mauer und an die hintere rechte Ecke vom Bus. Wir konnten nichts feststellen und ich war – zunächst – erleichtert.

Dienstgruppen-Chef Reiner entdeckte dann das gesuchte Auto am Parkplatz bei der Bottwarbrücke. Der heruntergekommene 124er Daimler hatte bei der Berührung mit der Mauer eine aufgerissene Ölwanne abbekommen. Das Öl tropfte zwischenzeitlich nicht mehr. Den Fahrer konnten wir an diesem Morgen nicht ausfindig machen. Nach dem Vorfall kam noch andere Arbeit auf uns zu.

So stellte ich den Bus gegen 11 Uhr auf dem Revierhof ab, das Heck für alle sichtbar und füllte das Fahrtenbuch aus. Um 12.30 Uhr gingen wir nach Hause. Zum Nachtdienst erschien ich wieder um 19.30 Uhr.

Fred P. fragte mich auf dem Hof, ob ich heute den Bus gefahren habe. Hinten rechts sei ein Schaden, das Leuchtenglas eingerissen und der Stoßfänger stand etwas ab. Oje!

Ich sagte, dass das dann wohl auf meine Kappe gehe, da wir morgens eine feindliche Berührung gehabt hätten. Ich füllte sofort eine Dienstunfallmeldung aus. Eine Dienstunfall-Aufnahme wurde im Kollegenkreis als nicht mehr sofort notwendig erachtet, weil der Vorfall schon einige Stunden zurücklag.

Zwei Tage später kam ich wieder in den Dienst. Ich wurde an den Pranger gestellt. Man habe an der Unfallstelle Bruchstücke vom Leuchtenglas gefunden. Außerdem sei das jetzt das dritte Dienstfahrzeug innerhalb eines Monats, das einen Schaden habe, und keiner wolle es gewesen sein.

Ich konnte nur sagen, dass wir das gebrochene Leuchtenglas übersehen und ich anschließend nichts getan hätte, um den Schaden zu vertuschen. Im Fahrtenbuch stand mein Name als letzter Fahrer.

Der Vorfall wurde als Präzedenzfall an die vorgesetzte Direktion gemeldet. Der Unfall wurde nachträglich aufgenommen. Als mir der sachbearbeitende Kollege das Belehrungsformular vorlegte und ich »unerlaubtes Entfernen vom Unfallort« las, wunderte ich mich doch etwas. Moritz wurde eingehend vernommen.

So schnell wird man zum Straftäter.

Also nahm ich mir einen Anwalt und gab eine ausführliche Stellungnahme ab. Die Anzeige wurde der Staatsanwaltschaft zur Entscheidung vorgelegt. Diese entschied, dass das Verfahren einzustellen sei. Disziplinarrechtlich blieb ebenfalls nichts hängen. Die entstandenen Kosten übernahm mein Rechtsschutz. Das Ganze war mir eine Lehre. Nach diesem Vorfall schaue ich bei eventuellen Anstößen mit dem Dienst-Kfz doch etwas genauer hin.

Etwas später, als sich die Wogen wieder etwas geglättet hatten, bemerkte ich, dass der Chef seine Ausgehschirmmütze bei uns auf der Wache am Kleiderständer hängen gelassen hatte, so dachte ich an eine kleine Revanche für die mir verpasste Anzeige. Im Treppenhaus, das den Streifendienst mit dem oben gelegenen Bezirksdienst mit Revierführung verbindet, hängen alle Wappen der Städte und Gemeinden des Reviers im Glasbildrahmen. Das oberste Wappen von Großbottwar wurde von mir unter Zuhilfenahme einer Leiter abgehängt und mit der Chefmütze getauscht.

Ein anonymes Bekennerschreiben in Reimform setzte ich auf der alten mechanischen Schreibmaschine auf:

»Sucht man die Mütze fein, sie reiht sich bei den Wappen ein!

XXY, Polizeikommissar«,
und schob den Zettel unter seine Bürotür.

Wieder im Dienst war ich vom Chef bereits als Verursacher ausfindig gemacht. Ich hatte nicht bedacht, dass ich damals schon so ziemlich der Einzige war, der noch mit der alten Schreibmaschine schrieb. So kam es, dass ich die Mütze auch wieder abhängte.

Ich dachte immer, dass mir irgendwann noch was Besseres einfallen würde.

Fahren ohne Fahrerlaubnis

Die erste Begegnung mit Lasse B. hatte ich Ende der Siebziger bei einer gemeldeten Hausstreitigkeit. Nachbarn riefen auf der Wache an, teilten mit, dass der B. im Haus herumbrülle und seine Frau schlage.

Lasse B. war den älteren Kollegen bereits als Querulant bekannt. Er war damals knapp 40 Jahre alt. Bisher war er öfter durch Streitigkeiten mit seinen Nachbarn und seiner Frau und einer Trunkenheitsfahrt aufgefallen. Er war groß und kräftig, hatte sein graues Haar akkurat gescheitelt und war Heimatvertriebener aus Böhmen.

Die Haustür der einfachen Doppelhaushälfte in Marbach stand beim Eintreffen von Werner B. und mir einen Spalt offen. Es schneite friedlich, unpassend zu den aggressiven Tönen, die aus dem Inneren kamen.

Werner klopfte an die Tür und schob sie noch etwas weiter auf. Er rief: »Polizei Marbach, hallo!«

Urplötzlich kam Lasse B. mit hoch erhobenem Küchenmesser in der Hand die Treppe heruntergestürzt und rief: »Wer hat euch gerufen?«

Wir wichen instinktiv etwas zurück, zogen unsere Dienstwaffen.

Ich schrie: »Messer weg!«

Er verharrte im Schritt und ließ es zu Boden fallen. Wir legten ihm erst mal die Handschließe an.

Seine Frau war von ihm geschlagen worden, wie die blauen Flecken an ihrem Unterarm verrieten. Dies waren Gründe genug, um ihn auf dem Revier in die Zelle zu verbringen, außerdem war er stark alkoholisiert und roch nach Knoblauch.

In den Aktenordnern beim Revier befand sich unter seinem Namen ein Führerschein-Entzugsbericht von einer Stuttgarter Dienststelle. Diesem war zu entnehmen, dass er in betrunkenem Zustand einen Verkehrsunfall verursacht hatte. Man wusste, dass dies nicht der erste Fall war. Hier war er auch schon wegen Trunkenheit am Steuer aufgefallen. Ein Gericht hatte daraufhin verfügt, dass die Wiedererteilung seiner Fahrerlaubnis auf Lebenszeit versagt würde.

Seine Frau hatte einen weißen Opel auf sich zugelassen. Ein Kollege, der in seiner Nachbarschaft wohnte, wunderte sich. Er meinte, dass der Mann mit dem Opel fahre.

Volker und ich waren in der schmalen Ortsdurchfahrt im Eichgraben auf Streifenfahrt. Schon von Weitem sah ich einen weißen Opel Kadett entgegenkommen. Tatsächlich saß Lasse B. alleine im Auto.

Ich begrüßte ihn: »Guten Morgen, Herr B., Verkehrskontrolle, bitte Führerschein und Fahrzeugschein!«

Er wusste noch meinen Namen, sagte: »Herr Axmann, was machen wir jetzt da?«

Ich meinte: »Wenn Sie keinen Führerschein haben, muss ich Sie wohl anzeigen!«

Wir mussten auch seine Frau wegen Ermächtigung zum Fahren ohne Fahrerlaubnis anzeigen. Lasse B. fuhr mit dem weißen Kadett trotzdem weiter. Er wollte sich nicht vom »Staat und seinen Marionetten«, wie er sich einmal ausdrückte, bevormunden lassen.

Volker erwischte ihn ein weiteres Mal beim Fahren. Wir versuchten, ihm das Auto zu entziehen, und nahmen Rücksprache mit der Staatsanwaltschaft. Dort erteilte man die Auskunft, dass diese Möglichkeit jetzt noch nicht gegeben sei, zumal das Auto seiner Frau gehöre.

Ein paar Monate lang war Lasse B. nicht mehr zu sehen. Der Opel Kadett wurde von seiner Frau gefahren, der Beifahrersitz war leer.

An einem Montagmorgen fragte mich Sebastian vom Bezirksdienst, wie das eigentlich mit der »außerdeutschen« Fahrerlaubnis sei. Er habe ein Ersuchen vom Landratsamt in Bearbeitung, man solle überprüfen, ob Lasse B. im Besitz einer italienischen Fahrerlaubnis sei, und diese dann einziehen. B. hatte der Behörde durch einen Anruf mitgeteilt, dass er jetzt einen italienischen Führerschein habe.

Mir war auch bekannt, dass der ausländische Führerschein dann nicht gilt, wenn im Inland Gründe für eine Versagung zur Erteilung des deutschen Führerscheins vorliegen. Dies war bei Lasse B. der Fall. Er hatte einen Wohnsitz bei seiner in Pontedassio lebenden Tochter begründet, dort einige Fahrstunden absolviert und eine Fahrprüfung bestanden.

Jetzt kam Sebastian und wollte seinen mühsam erworbenen Führerschein wieder abnehmen. Das war zu viel verlangt. Er verweigerte die Herausgabe.

Bei mir zu Hause klingelte in meiner dienstfreien Zeit vormittags das Telefon. Eine Frau war in der Leitung: »Hier ist Frau B., Herr Axmann, mein Mann macht was Dummes. Er will mit dem Auto gegen Ihr Revier fahren!«

Ich rief gleich die Dienststelle an.

Kerstin W. von der A-Schicht meinte nach meiner Durchsage lakonisch: »Es ist schon passiert, Harald!«

Lasse B. hatte mit dem Kadett in der Steinerstraße bergaufwärts Anlauf genommen, fuhr dann flott abwärts, bog nach links in den Fußweg zum Haupteingang ab und durchschlug die zwei Schleuseneingänge. So stand er mit dem Auto im Besucherwarteraum. Glücklicherweise war momentan niemand im Eingangsbereich unterwegs, so wurde niemand verletzt, der Amokfahrer auch nicht.

Der Gesamtschaden am Gebäude belief sich auf ca. 20.000 Mark.

Das neue Revier war 1998 gerade sieben Jahre alt.

Die Kriminalpolizei Ludwigsburg übernahm den Fall.

Lasse B. wurde wegen gefährlichen Eingriffs in den Straßenverkehr angezeigt. Die Wiedererteilung seiner Fahrerlaubnis war wohl in noch weitere Ferne gerückt.

Nach dem Vorfall hörten wir lange nichts mehr von ihm. Bei einer Meinungsumfrage zur Kommunalwahl, mit Bild in der Zeitung, war er mal befragt worden. Er nannte sich Müller-Lüdenscheid, in Anlehnung an den Sketch mit Karikaturist Loriot.

Dreimal ließ der Autofahrer seinen Opel gegen die Eingangstüre krachen.

Opel im Haupteingang

Flucht aus der Zelle

Früh morgens, im Winter, gegen 2 Uhr, fuhren Fred und ich zum Hoftor rein, um die Streife vorerst zu beenden. Das Thema Selbstverteidigung kam diesmal nicht auf. Wir hatten zu viele Aufträge und mussten einiges zu Protokoll bringen.

Auf den letzten Metern, vor dem Unterstand für die Dienst-Kfz bemerkte Fred: »Da hängt doch was die Wand runter!«

Im fahlen Licht der Außenbeleuchtung zeichneten sich Streifen an der weißen, gerundeten Wand ab. Diese grauen aneinander geknoteten Filzstoffstreifen kamen aus einer tiefschwarzen, ca. 5 m hohen Fensteröffnung, an der sich kein Glas spiegelte, wie bei den anderen Fenstern zu erkennen war. Sie endeten 2 m über dem Boden. Nach einer angemessenen Zeit des Staunens rannten wir die Treppe zum Wachraum hoch.

Unzweifelhaft sprach alles dafür, dass sich unser Gast, der für diese Nacht in der Zelle einsaß, auf direktem Wege und auf die klassische Fernsehart verabschiedet hatte. Dienstgruppenführer Reiner, Jürgen und Holger hatten den Ausbruch auch gerade bemerkt. Wir warfen einen kurzen gemeinsamen Blick in die Arrestzelle. Anschließend fuhren wir gleich wieder mit zwei Streifen und mit Unterstützung von den Nachbarrevieren raus, um nach Melvin S., 23-jähriger Deutschtürke, zu fahnden.

Er sollte am nächsten Tag zum Haftantritt vorgeführt werden, weil er an einem Raub beteiligt war.

Seine »Asservate«, Schuhe, Uhr, Gürtel, Umhängetasche, waren noch vor der Zellentür. Melvin S. hatte aus der Heizungsverkleidung ein Stück Metall herausgetrennt und damit den Dichtrahmen und die Fensterausschäumung ausgeschnitten. Es war ihm dadurch möglich, das gesamte schwere Sicherheitsglasfenster auszuheben. Mit dem scharfen Metallteil schnitt er die Filzdecke in Streifen und knotete sie zusammen.

Die Fahndung wurde zunächst im Bereich Altstadt, Bahnhof, angrenzende Wohngebiete durchgeführt und durch Funkfahndung auf den überregionalen Bereich ausgestrahlt.

Fred und ich erhielten von Reiner den Auftrag, die Wohnung des Melvin S. in Benningen zu überprüfen, eventuell eine Durchsuchung von relevanten Räumlichkeiten zu veranlassen. Wir bekamen noch zwei Streifen von Ludwigsburg und Bietigheim zugeteilt. Im Mehrfamilienhaus mit einigen Wohneinheiten begaben wir uns auf die Suche nach der betreffenden Wohnung des Flüchtigen und seiner Lebensgefährtin. Nachdem wir die Wohnungstür gefunden hatten, sahen wir hinter der Milchglasscheibe einen mittelgroßen Hund wie tollwütig auf und ab rennen. Sein bösartiges Fauchen kündigte weitere Probleme an. Kurz danach kam die Lebensgefährtin von Melvin S. zur Tür. Sie sperrte den Hund weg und ließ uns ein. Dabei beteuerte sie, Melvin seit gestern nicht mehr gesehen zu haben. Bereitwillig ließ sie uns alle Räumlichkeiten besichtigen. In der Wohnung wie auch im Kellerraum ergab sich kein Hinweis auf seine Anwesenheit. Ein Auto hatte er nicht.

Eine Kontaktadresse zu einem früheren Mittäter wurde ebenfalls mit »negativem« Ergebnis überprüft.

In dieser Nacht blieb Melvin verschwunden. Konkrete Anhaltspunkte auf seinen Aufenthalt lagen nicht vor.

Am nächsten Tag waren Charlie vom Fahndungstrupp und Hans vom Bezirksdienst morgens auf Ermittlungsstreife, aber auch auf der Suche nach Melvin S. Sie schlenderten in Zivilkleidung über die Marktstraße in Marbach. Ihnen fiel bereits aus größerer Entfernung ein schwarzhaariger junger Mann auf, der an diesem kalten Morgen, die Füße nur mit Strümpfen bekleidet, in eine Telefonzelle hineinging und dann aufgeregt gestikulierend telefonierte. Charlie und Hans mussten sein Gespräch unterbrechen.

Melvin wurde kurzzeitig wieder in einer Zelle im Revier, mit intaktem Fenster, bis zu seiner Einlieferung in die Vollzugsanstalt untergebracht. Seine Schuhe standen noch vor der Zellentür nebenan.

Ein solcher Ausbruchsversuch ist wohl nur möglich, wenn der Zelleninsasse für gewisse Zeit unbeobachtet ist. Bei der heutigen Videoüberwachung der Zellen dürfte so eine Aktion der Vergangenheit angehören.

Stadtstreicher

Dienstgruppenführer Reiner ist kein Kind von Traurigkeit. Er spielte als Gitarrist in einer Rockband, die in unserer Region erfolgreich war. Einmal pro Woche war Bandprobe, da nahm er nach Möglichkeit frei, bei Auftritten sowieso. Meist nach den Proben gab er bei Besprechungen die neuesten Witze zum Besten.

Wir arbeiten jetzt seit 25 Jahren zusammen und haben so manchen Einsatz erlebt. Man weiß, dass man sich auf den anderen verlassen kann.

Eine aufgelöste junge Frau kam frühmorgens im Herbst zur Wache und meinte, dass aus dem großen Metallmüllcontainer beim Hallenbad Marbach eine menschliche Hand herausrage. Reiner und ich fuhren von der Wache aus an. Am Container konnten wir auf den ersten Blick nichts Besonderes feststellen. Die Klappe war nicht ganz zugezogen. Durch diesen Spalt war ein dunkelblonder Haarschopf auszumachen.

Ich zog die Klappe auf und blickte in das verschlafene Gesicht des allseits bekannten Stadtstreichers Günter Pogge. Der Container war nur mit Papiermüll gefüllt, sodass G. Pogges Ausdünstung noch erträglich war. Er erzählte, dass er mit seinen Kumpanen gestern nach der üblichen Lambrusco-Party Streit gehabt habe und dann einfach in Ruhe habe schlafen wollen. P. war der Polizei gegenüber immer äußerst zugänglich und erzählte gerne.

An diesem Tag war er etwas später besonders gut drauf. Im Besucherraum der Dienststelle fing er an zu singen. Wir wollten ihn eigentlich entlassen, weil er wieder aufgewärmt war, da meinte Reiner, dass Pogge eigentlich unserem Chef, dem damaligen Streifendienstleiter, ein Ständchen singen könnte.

Als der dann kam, sang Pogge lauthals: »Es geht eine Träne auf Reisen.« Ihn hat's gefreut.

Etwas später ging der junge Kollege Michael F. vom Frühdienst nach Hause in die Altstadt. G. Pogge hatte sich wieder zu seinen Obdachlosenfreunden begeben, die an der Stadtmauer in der wärmenden Sonne saßen und den goldenen Oktobertag genossen. Er sprach Michael an und erklärte glaubhaft, dass er fünf Mark benötige, um mit der S-Bahn zu seinem Arzt nach Feuerbach zu fahren. Der gute Kollege war verständnisvoll und gab ihm das Geld.

Eine halbe Stunde später wollte Michael noch etwas in der Altstadt einkaufen. Er traute seinen Augen kaum, als er Freund Pogge sah, der seine Genossen mit dem eben gekauften Wein versorgte. Michael sah es gelassen. Auch er ist ein Freund der sozial schlechter gestellten Menschen, und das ist gut so.

Die 2000er-Jahre

Jahreswechsel 2000

Natürlich hatte meine Schicht in der Silvesternacht zur Jahrtausendwende wieder Dienst. Kurz nach Mitternacht fuhr ich mit Jürgen durch den alten Ortskern von Oberstenfeld. Wir kamen von einem Hausstreit. Jürgen hat eine sehr ruhige und besonnene Art und lässt sich bei derartigen Vorkommnissen nicht provozieren. So konnten wir durch ein einfaches Gespräch schlichten.

Als ich durch die Große Gartenstraße fuhr, meinte Jürgen völlig emotionslos: »Da drüben brennt's!«

Ich schaute nach links. Direkt gegenüber einem alten Wohnhaus, an der Zufahrt zum Hof, war ein noch relativ kleiner Feuerschein an der Holzwand einer Scheune bemerkbar, der sich jedoch rasch ausbreitete. Im näheren Umfeld des Hauses hielten sich keine Personen auf. Der Brand war höchstwahrscheinlich durch einen verirrten Feuerwerkskörper entstanden. Um den Feuerlöscher im Dienst-Passat zu holen, öffnete ich die Heckklappe und zog den Löscher hektisch aus der Schaumstoffhalterung, sodass diese ausbrach.

Mir fiel Mike Krüger ein: »Natürlich mit Halter!«

Ich begann zu löschen, Jürgen verständigte über Funk die Feuerwehr, die nur wenige Minuten danach eintraf. Der Brand war jetzt so weit gelöscht, dass zumindest keine Flammen mehr sichtbar waren. Durch die rechtzeitige Brandentdeckung war vermutlich ein großer Brand verhindert worden. An die Scheune reihen sich nämlich mehrere Holzschuppen an, alte Fachwerkhäuser in unmittelbarer Nähe. Beim Brandort war beim Brandausbruch niemand zu Hause. Man war in der Nachbarschaft eingeladen.

Die Feuerwehr lobte uns. Die gute Tat zum Jahrtausendbeginn.

So machen wir weiter.

Besuch vom Redakteur

Im Oktober 2001, samstags, war Besuch von einem Redakteur der Marbacher Zeitung angesagt. Er wollte einen Nachtdienst in unserer Dienstgruppe mitmachen, die Streifen auf ihren Einsätzen begleiten und dann einen Artikel darüber in der Zeitung veröffentlichen. Es kam Oliver von Schaewen, der spätere Buchautor von schwäbischen Kriminalromanen.

Wir wollten ihm einen turbulenten Nachtdienst präsentieren und waren mit drei Streifen recht gut besetzt.

Die Nacht begann nicht besonders aufregend. Da zunächst keine Aufträge reinkamen, fuhren wir mit zwei Besatzungen nach Freiberg zur Diskothek Palazzo und verteilten Flugblätter – Flyer – an die Partyhungrigen, die in den Tanztempel strömten. Sie sollten aufgefordert werden, keine Wertsachen in den Fahrzeugen liegen zu lassen, da Diebstähle auf den Parkplätzen rapide zugenommen hatten.

Ein Mädchen fragte mich: »Kann man da auch was gewinnen?«, und konnte nicht mehr aufhören, über ihre Bemerkung zu kichern.

Polizeifreiwilliger Roland und ich konnten uns kaum erheitern, zumal wir jetzt zu einer Trunkenheitsfahrt abgezogen wurden. Wir sollten unsere Kollegen Holger und Kai unterstützen. Sie brachten den angetrunkenen Fahrer und seinen betrunkenen Bruder aber bereits zur Wache.

Für uns erledigt.

Kurz nach Mitternacht gab es eine Schlägerei am Marbacher Bahnhof. Reiner gab über Funk die Anweisung, beschleunigt anzufahren. Es war wohl die erste Einsatzfahrt mit Blaulicht und Martinshorn, die Herr von Schaewen miterlebte. Man sprach kaum noch.

Am Bahnhof eingetroffen empfing uns der Geschädigte, umgeben von bierseligen Volksfestbesuchern. Er war durch einen Faustschlag am Kopf verletzt worden. Die Täter hatten sich bereits entfernt. Er kannte sie nicht. Eine von ihm abgegebene Personenbeschreibung war eher dürftig. Die eingeleitete Fahndung im näheren Umfeld und im Stadtgebiet brachte keinen Erfolg. Weitere Zeugen konnten nicht ermittelt werden.

Reiner, Holger und Kai wurden auf der Wache von den alkoholisierten Brüdern gut beschäftigt. Beim Fahrer musste eine Blutprobe durchgeführt werden, sein Führerschein wurde vorläufig einbehalten. Nach der Aktion schwanken die beiden aus der Wache. Zwei Stunden später standen sie wieder auf der Matte. Ein Wirt einer Kneipe hatte angerufen, dass er die zwei festhalte, weil sie die Zeche nicht bezahlen könnten.

Sie erklärten Holger und Kai später, dass sie nicht zahlen konnten, da sich ihr Geldbeutel in dem von der Polizei sichergestellten Pkw befinden würde. Na dann, eigentlich kein Problem. Doch als ihnen der Geldbeutel ausgehändigt wurde, fing der Beifahrer an, zu randalieren und zu beleidigen. So musste er mit der Ausnüchterungszelle Bekanntschaft machen. Dort stellte sich heraus, dass der Trunkenbold Diabetiker war. Reiner bestellte einen Arzt zur Haftfähigkeitsuntersuchung und zur Feststellung des Blutzuckerwertes.

Roland und ich hatten mit den Brüdern nichts zu tun. Wir fuhren mit dem Journalisten noch zu einer Ruhestörung und zu einem »verdächtigen« Licht in einem Garten. Es stellte sich als einfaches Teelicht heraus. Herr von Schaewen schrieb in dem anschließenden Zeitungsbericht darüber, dass Roland dreimal blasen musste, um es auszulöschen. Das sprach nicht für Rolands Fitness.

Kurz vor Feierabend fuhren alle drei Besatzungen in die Marbacher Altstadt, um zwei betrunkene Streithähne zu trennen. Man traf dort im Problemlokal auf die stadtbekannten Querulanten.

Einen schlecht Deutsch sprechenden Mitbürger sprach ich an, als er den Weg versperrte: »So gehen Sie doch bitte zur Seite!«

Er entgegnete: »Du siezt mi net!«

Bei den Höflichkeitsregeln hatte er da wohl etwas durcheinandergebracht.

Wir beenden die Vorstellung. Alle Gäste wurden aufgefordert, nach Hause zu gehen. Nach einigen Minuten war endlich Ruhe im Schuppen eingekehrt.

Alle Vorfälle der Nacht mussten jetzt für die Vorkommnis-Berichte noch schriftlich abgearbeitet werden. Reiner besorgte noch ein Frühstück, und Fred machte im Aufenthaltsraum in der Küche klar Schiff, bevor die Ablösung kam. Diesmal gab es noch eine Nachbesprechung mit dem Journalisten.

Ein paar Tage später kam der Artikel in der Zeitung. Der Bericht war prima. Es wurde dem geneigten Leser deutlich, dass die Polizei nachts nicht schläft oder Däumchen dreht.

Nur Holger meuterte etwas. Beim Bild von ihm, das ihn am Funktisch zeigte, sah er etwas verschlafen aus, da er gerade mit den Augen blinzelte. Er meinte, da hätte man auch ein anderes Bild nehmen können.

Dreister Einbruch

Frau Irma K., 81 Jahre, und ihr etwas älterer Mann wohnten im Kirchenweinberg am Bahnhof Marbach. An einem Samstagabend im November 2003 fühlte sich Herr K. schon den ganzen Tag unwohl und klagte über Herzschmerzen. Als sich diese verstärkten, rief Frau K. einen Rettungswagen. Die Sanka-Besatzung kam und nahm Herrn K. liegend auf. Seine Frau fuhr mit ins Krankenhaus Ludwigsburg.

Am schönen älteren Einfamilienhaus schloss sie die Eingangstür ab. Der Terrassenbereich des großen Gartens ist durch eine mächtige Kiefer und hohe Koniferen für die Nachbarn nicht einsehbar. Dort ist es so dunkel, als ob sich ein schwarzer Schatten darübergelegt hat.

Die Rollläden ließ sie nicht herunter. Irma K. hatte im Moment ja auch andere Sorgen.

Im Haus brannte kein Licht, das auf die Anwesenheit von Personen schließen ließe; Bewegungsmelder, die ein Außenlicht aktivierten, waren nicht installiert.

Der vor dem Haus stehende Rettungswagen, in dem die Bewohner anschließend wegfuhren, hatte zwielichtige Ausspäher vermutlich annehmen lassen, dass sich in nächster Zeit niemand im Haus aufhalten würde.

Es kam, wie es kommen musste.

Müde und voller Sorge um ihren Mann, der einen Herzinfarkt erlitten hatte, kam Frau K. nach Mitternacht heim. Dass ungebetene Gäste im Haus gewesen waren, bemerkte sie gleich nach dem Aufschließen. In allen Wohnräumen waren die Schranktüren und Schubladen offen und sämtliche Gegenstände auf den Boden geworfen worden. Die Täter hatten die Terrassentür aufgehebelt.

Herr und Frau K. hatten viel Geld in Silber und Goldschmuck und Münzen investiert als Rücklage für schwierige Zeiten. Der gesamte Schmuck befand sich in einem kleinen alten Tresor, versteckt hinter einem Vorhang.

Die Täter öffneten ihn im Haus und nahmen die wertvollsten Stücke mit. Im Schlafzimmerschrank war Bargeld versteckt. Sie haben auch dieses gefunden. Der Wert des Diebesgutes belief sich auf ca. 18.000 Euro.

In dieser Zeit war ich für ein halbes Jahr in die Ermittlungsgruppe EG Bruch (Kollege Manne B. lästerte: »EG Bluff«) abgeordnet. Wir bearbeiteten alle Wohnungseinbrüche im Kreisgebiet zentral, sicherten die Tatortspuren und sollten Tatzusammenhänge erkennen und die Täter ermitteln. Noch nie waren mehr Wohnungseinbrüche zu verzeichnen gewesen. In dem halben Jahr nahmen wir knapp fünfhundert Einbrüche auf.

Vom Streifendienst wurde der Einbruch zunächst aufgenommen und die Spuren gesichert. Frau K. konnte von einigen Schmuckstücken Bilder vorlegen. Einige Bilder vom Schmuck waren für die Sachfahndung hilfreich. Sie wurden auch in Fachmagazinen und Schmuckbörsen veröffentlicht. Das Internet konnte auch damals schon in die Ermittlungen einbezogen werden.

Nachmittags fuhr ich mit einem Kollegen zu ihr, um das weitere Vorgehen zu besprechen. Als sie die Tür öffnete, sagte sie, dass sie gleich ins Krankenhaus müsse, da es ihrem Mann schlecht gehe. Sie trug ihr schlohweißes Haar hochgesteckt und war mit einem Kostüm elegant gekleidet. Trotz ihres Alters machte sie noch einen vitalen Eindruck. Sie bemerkte, dass sie momentan nervlich am Ende sei.

Wir fuhren sie zum Krankenhaus.

Am nächsten Tag sagte sie mir am Telefon, dass ihr Mann gestern verstorben sei. Ich traf mich noch zwei Mal mit Fr. K. Sie machte einen tapferen Eindruck in dieser schweren Zeit. Der Schmuck tauchte trotz aller Bemühungen nicht mehr auf.

Vor zwei Jahren schaute ich mal während der Streife bei ihr vorbei. Sie freute sich sehr und war trotz des mittlerweile hohen Alters noch ziemlich rüstig. An den Einbruch würde sie nur noch selten denken. Sie hatte den Vorfall zwischenzeitlich gut verarbeitet. Ihre Rollläden lässt sie vor Beginn der Dunkelheit immer herunter. Am Haus wurden Bewegungsmelder installiert. Die nebenan wohnende Tochter schaut nach dem Rechten.

Nachdem die eigentliche Abordnungszeit zur EG abgelaufen war, mussten die Kollegen der Kriminalpolizei noch vier Wochen verlängern. Eine vierköpfige rumänische Tätergruppe wurde nachträglich ermittelt und kam in Haft.

Jetzt galt es, Beweise zu sichern, um ihnen einige der aufgenommenen Einbrüche nachweisen zu können. Drei Täter wurden verurteilt. Einem gelang die Flucht aus dem Gerichtsgebäude.

Der Schmuck von Irma K. war beim aufgefundenen Diebesgut leider nicht dabei. Dieser Einbruch war ihnen nicht nachzuweisen.

Vermisster bei Steinheim

Der Prokurist und Geschäftsführer eines Handwerksbetriebes aus dem Bottwartal machte sich Sorgen um einen Mitarbeiter, der morgens nicht zur Arbeit erschienen war. An einer Baustelle wurde er vermisst. Er würde nicht an sein Handy gehen. Vor einer halben Stunde sei der Anrufer am Wohnhaus des Mitarbeiters gewesen. Sein Auto würde auf dem Parkplatz stehen. Am Haus seien alle Rollläden heruntergelassen. Er klingelte, niemand habe geöffnet. Der Mitarbeiter habe erst vor einem halben Jahr die Scheidung von seiner Frau hinter sich. Sie und die beiden Kinder, die noch nicht zur Schule gingen, wohnten jetzt im Heilbronner Bereich.

Eva, die erst vor ein paar Wochen von der Stuttgarter Polizei zu uns gekommen war, und ich fuhren zum genannten Wohnhaus. Ein Neubau-Zweifamilienhaus im Ortskern.

Der Geschäftsführer erwartete uns dort.

Ein warmer Septembermorgen.

Wir läuteten nochmals im gesamten Haus und klopften an die Rollläden im Erdgeschoss. Der Bewohner im Obergeschoss, Mieter des Vermissten, meldete sich. Er habe ihn gestern Abend mit dem Auto heimkommen gehört, aber nicht mit ihm gesprochen. In letzter Zeit sei sein Vermieter nicht sehr redselig gewesen. Als seine Frau mit den Kindern auszog, sei kurze Zeit danach ein Onkel von ihm eingezogen, da sein Vermieter das Alleinsein nicht mehr ausgehalten habe. Den Onkel habe er jetzt aber auch schon länger nicht mehr gesehen. Wo sich dieser aufhalte, wisse er nicht. Die Eltern seines Wohnungsgebers würden auch im Ort wohnen. Er wisse aber, dass er seit Jahren keinerlei Kontakt mehr zu ihnen habe, da sie sich zerstritten hätten.

Eva und mir war klar, dass wir zügig in die Wohnung rein sollten. Ich wählte nochmals dessen Handynummer an. Man hörte im Inneren den Klingelton. Eva ging zu einem Fenster, an dem der Ton am besten zu hören war. Hier zogen wir den Rollladen ein Stück nach oben und stellten fest, dass das Fenster nicht verschlossen war. Es stand eine Handbreit offen. Eine im Hof stehende Schubkarre schob ich vor das Fenster, um besser einsteigen zu können.

Mit leicht ironischem Unterton sagte ich zu Eva: »Du willst doch bestimmt als Erste reingehen!«

Sie warf mir einen etwas irritierten Blick zu.

Darauf meinte ich: »Es war ein Scherz, ich geh rein!«

Eva hielt den Rollladen etwa 40 cm nach oben, mehr ging nicht, da sich dieser verkantet hatte. Ich stieg auf die Schubkarre und machte einen Schritt in das Wohnungsinnere.

Sekunden später stand ich im Wohnzimmer. Es war stockdunkel, durch den etwas nach oben gezogenen Rollladen drang diffuses Licht ein. Auf dem Tisch leuchtete das Display eines Handys etwas. Nach wenigen Metern zweigte ein Gang nach rechts ab. In diese Richtung bewegte ich mich und schaltete die Taschenlampe ein. Im Gang angelangt blickte ich diesen entlang und erschauderte ziemlich.

Im Schein der Lampe hing ein Mann in einer Besenkammer mit den Beinen in der Luft. Er hatte sich ein Seil um den Hals gelegt. Vor ihm lag ein umgekippter Holzschemel auf dem Boden. Als er ihn mit den Beinen umgekippt hatte, war sein Lebenslicht erloschen. Sein Rücken lehnte direkt am Besenschrank. Der Mann war mit einem cremefarbenen Arbeitsoverall und mit Sicherheitsarbeitsschuhen bekleidet. Das Seil hatte sich tief in den Hals eingeschnitten. Der Körper war kalt und bereits völlig versteift, vereinzelt hatten sich schon Leichenflecken gebildet. An Erste Hilfe war nicht mehr zu denken.

Plötzlich stand Eva neben mir. Ich erschrak nochmals.

Jetzt schalteten wir erst mal das Wohnzimmerlicht ein. Wir forderten über die Einsatzzentrale einen Arzt an, der den Tod feststellen musste und den nicht natürlichen Tod bescheinigte. Die Kripokollegen wurden angefordert.

Auf dem Tisch lag der Geldbeutel des Onkels. Laut dem darin befindlichen Ausweis war er ebenfalls hier gemeldet.

Wir inspizierten alle Räumlichkeiten. Im ehemaligen Kinderzimmer standen vereinzelt noch Spielsachen. Im Wohnzimmer waren mehrere Bilder von den Kindern, ein Junge, etwa vier Jahre, und ein Mädchen, etwa drei Jahre, aufgestellt. Sie zeigten die ersten Fahrversuche mit den Fahrrädern. Der Papa, der Hilfestellung gibt. Keine Bilder von der Mama.

Ein Abschiedsbrief wurde nicht vorgefunden.

Eva und ich schlossen die Wohnung mit den aufgefundenen Schlüsseln ab, weil es uns hier zu unheimlich wurde. Wir warteten draußen im Auto auf die Kollegen. Die hatten den Ort falsch übermittelt bekommen und trafen erst eine Stunde nach der Anforderung ein.

Sie übernahmen den Tatort routinemäßig.

Eine Selbsttötung, wie sie oft nach Scheidungen und dem Verlust des Sorgerechts für die Kinder passiert? Mag sein.

Eva und ich waren jedenfalls vom einsamen nahen Tod in der Besenkammer berührt. Während der Wartezeit im Auto tauschten wir unsere Gedanken über die vermutete Situation des Verstorbenen aus. Dies führte zu einer besseren Verarbeitung des Erlebten.

Bis zum nächsten Todesfall.

Knapp ein Jahr später fuhr ich während der Streife nachmittags am Haus vorbei. Nichts hatte sich verändert. Die Rollläden im Erdgeschoss waren wie damals heruntergelassen. An der Klingel stand noch der Name des Verstorbenen.

Vermisster bei Großbottwar

Im Spätherbst rief eine beunruhigte Frau gegen 21 Uhr im Nachtdienst an, sie vermisse ihren 24-jährigen Sohn. Er wollte eigentlich nachmittags zu einem Freund gehen und so gegen 8 Uhr abends zu Hause sein. Sie sagte, dass sie gleich noch erwähnen müsse, dass Eberhard schon seit einigen Jahren sehr depressiv sei. Deshalb könne er auch keiner Arbeit nachgehen. Er habe schon mehrere Suizidversuche hinter sich und sei deshalb bereits längere Zeit im Zentrum für Psychiatrie in Behandlung. Sie meinte, dass sich nichts gebessert habe. Heute sei Eberhard, ihr einziges Kind, auch nicht gut beieinander gewesen. Bei seinem Freund habe sie schon angerufen. Dort sei er gar nicht gewesen. Sie könne auch gar nicht sagen, wo er hingegangen sein könnte, andere Bekannte habe er eigentlich nicht. Sein Zimmer sei aufgeräumt. Das Handy liege auf dem Tisch. Gelegentlich laufe er auf dem Harzberg spazieren. Jetzt sei es aber doch schon dunkel.

Wir verständigten die Einsatzzentrale. Nach Schilderung des Sachverhalts wurde ein Polizeihubschrauber zum Absuchen in Bereitschaft gehalten. Eine Streife suchte im weiträumigeren Bereich, der an das Wohnhaus angrenzte.

Kai und ich fuhren erst mal zur Wohnanschrift der Eltern. Wir vereinbarten, dass wir, mit dem Vater hinten im Streifenwagen sitzend, die Spazier- und Waldwege abfahren würden. Nachdem wir diese unbeleuchteten Hauptwege abgefahren waren, forderten wir über die Einsatzzentrale den »Bussard« -Hubschrauber an.

Noch nie kam mir der Harzberg so bedrohlich vor. Jetzt fuhren wir auch auf den Nebenwegen und befahrbaren Waldwegen. Zu allem Übel fing es auch noch an zu regnen. Der Suchscheinwerfer steckte in unserer Strombuchse.

Der Vater erzählte, dass seine Frau und er schon manchmal damit gerechnet hätten, dass Eberhard nicht mehr nach Hause zurückkomme. Sie hätten alles versucht, um Verständnis für ihren Sohn aufzuzeigen, und boten geeignete Hilfe an. Die Ursache der schweren Depression sei auch für die Spezialisten in den Kliniken nicht eindeutig erklärbar gewesen. Eberhard sei verschlossen und habe sich gegenüber den Psychologen kaum geöffnet. Eindeutige Gründe für sein Verhalten kenne er nicht. In der Schule und in der Ausbildung sei er noch fröhlicher gewesen. Eine Freundin hätte er nicht gehabt.

Ich sprach den Vater darauf an, dass wir jetzt eigentlich alle infrage kommenden und befahrbaren Wege abgefahren seien und wir eventuell in die Großbottwarer Innenstadt verlegen würden. Zudem werde der Berg ja vom Hubschrauber mit der Wärmebildkamera abgeflogen.

Er zeigte auf einen ziemlich steil bergaufwärts führenden eingeschotterten Weg und sagte: »Da waren wir noch nicht!«

Kai fuhr mit dem Passat den Weg hoch. Ich drehte meinen Kopf nach rechts und schaute in eine enge Schneise im Mischwald hinein. Den Suchscheinwerfer-Lichtschein ließ ich folgen.

Mir stockte sogleich der Atem. Etwa fünfzig Meter vom Weg entfernt hing ein Körper frei im Raum. Kai fuhr ein paar Meter weiter, sodass der Vater den Körper nicht sehen konnte, und hielt dann an. Ich sprach mit dem Vater und wies ihn eindringlich an, im Auto zu bleiben und zu warten, bis wir wieder zurückkämen.

Er hielt sich daran.

Eberhard hatte sich mit einem stabilen Nylonseil an einem starken Ast erhängt. Seine Beine waren etwa einen Meter vom Boden entfernt. Der schlanke junge Körper, mit hübschem Gesicht, war erschreckend weiß im Taschenlampenlicht, leichte Bewegung im Luftzug, steif, kalt und ohne Puls, unauffällige Kleidung.

Jetzt hörte ich plötzlich den Hubschrauber. Zu spät.

Eberhard war vermutlich direkt, nachdem er nachmittags das Haus verlassen hatte, in den Wald gegangen.

Wir forderten, auch schon routinemäßig, den Notarzt und die Kripokollegen an. Die Bussard-Besatzung wurde vom Auffinden über Funk verständigt.

Den wartenden Vater hatte ich wegen der Flut der Eindrücke fast vergessen. Ich setzte mich zu ihm ins Fahrzeug. Zu diesem Zeitpunkt traf die andere Streife am Einsatzort ein. Ich fuhr den Vater alleine nach Hause.

Er antwortete, auf meine Frage hin, ob wir einen Seelsorger hinzuziehen sollten, dass er mich noch anschließend gerne bei sich im Haus hätte, um mit ihm und seiner Frau noch über Eberhard zu sprechen. Die Frau war bei unserem Eintreffen bereits unterrichtet. Sie war völlig aufgelöst und weinte.

Unsere Personalstärke in dieser Nacht ermöglichte es, dass ich alleine noch einige Zeit bei den Eltern des Verstorbenen verbringen konnte. Das Gespräch habe ich noch gut in Erinnerung. Sie hatten ja schon öfter daran gedacht, dass Eberhard aus ihrem Leben treten könne. Wenn dann aber der Fall eintritt, ist nichts leichter.

Als ich ihr Haus verließ, hatte ich das gute Gefühl, doch etwas Beistand geleistet zu haben.

Vier Tresorräuber[1]

Juri war illegal nach Deutschland eingereist. Nach mehreren verübten Straftaten war er in sein Heimatland abgeschoben worden. Trotzdem gelang es ihm jetzt nach der Wiedereinreise, eine Anstellung als Aushilfsfahrer zu bekommen.

Sein Arbeitskollege und er waren frühmorgens unterwegs, um Backwaren an verschiedene Bäckereien im Bottwartal auszufahren. Die Tour fuhr er noch nicht allzu lange. Sein Fahrer wusste aber Bescheid. In der Bäckerei in Murr schoben sie den Palettenwagen mit den Waren in den Lagerraum neben dem Verkaufsraum. Dort entdeckte Juri beim Öffnen einer Schranktür einen an der Wand verschraubten größeren Geldtresor, Gewicht ca. 100 Kilo.

Abends traf er sich mit seinen Freunden Irvan, Slavko und Nusret in einem Ludwigsburger Bistro. Sie kannten sich schon aus der Kleinstadt in ihrer Heimat. Juri, Irvan und Slavko waren schon vor einigen Jahren im Stuttgarter Bereich auf einer Einbruchstour in einem Gewerbegebiet unterwegs gewesen. Als sie bereits in ein Autohaus eingedrungen waren, wurden sie vom Sicherheitsdienst entdeckt und kurz danach von den Polizeihundeführern geschnappt. Slavko gelang jedoch die Flucht. Er wurde ermittelt und zur Festnahme ausgeschrieben.

Juri hatte bereits einige Betrügereien und Körperverletzungsanzeigen am Laufen und vom Gericht eine Bewährungsstrafe erhalten. So war er nach dem Einbruch vorzeitig aus der Haft entlassen und abgeschoben worden.

Im Januar 2009 war ich mit Kollege Holger, nebenbei ambitionierter Tierschützer, kurz vor Mitternacht gerade in Erdmannhausen unterwegs. Über Funk wurde mitgeteilt, dass in Murr ein Einbruch in eine Bäckerei stattfinde. Der Inhaber habe beobachtet, wie vier maskierte Täter mit einem Tresor, den sie durch die aufgebrochene Glasschiebetür gemeinsam trugen, herausgekommen seien. Sie hätten den Tresor in den Kofferraum eines 3er oder 5er BMW geladen. Der Inhaber stand am Balkon, hätte den Tätern noch etwas zugerufen. Daraufhin habe einer das hintere Kennzeichen vom Pkw abgerissen. Das Tatfahrzeug sei in Richtung der Autobahn nach Pleidelsheim gefahren.

---

1 Alle Namen sind geändert!!

Der Polizeihubschrauber Bussard 803 war noch anlässlich einer Suchaktion in der Nähe unterwegs und nahm, ebenfalls wie wir und einige andere Kollegen, die Verfolgung auf. Die Autobahnanschlussstellen der A 81, Ludwigsburg-Süd und Mundelsheim, waren schnell besetzt.

Holger und ich waren fast schon an der AS Pleidelsheim, als sich der Bussard-Funker Roman meldete: »Vier Personen an einem Pkw am Waldrand auf einem Feldweg westlich der AS Pleidelsheim beobachtet! Sie versuchen offenbar, einen Tresor zu öffnen.«

Romans Puls beschleunigte sich, als er über die Kamera die Räuber entdeckte. Sie bewegten sich mechanisch wie Roboter. Die Ackerfläche glänzte silbern im Restlicht. Der Tresor war als helles Rechteck zu erkennen. Das war eine eindeutige Szenerie. Der Hubschrauber war gerade sehr hoch. Sie konnten ihn nicht sehen und hören. Der Nachthimmel war leicht bedeckt.

Ich fuhr den Passat TDI beschleunigt an die beschriebene Stelle, als Bussard 803, Kollege Roman, funkte: »Falschmeldung, es handelt sich um die AS Mundelsheim!«

Also jagten wir nordwärts über die Autobahn zur nächsten Anschlussstelle.

Bussard Roman meldete jetzt: »Der dunkle Pkw ist jetzt wieder unterwegs zur Autobahnauffahrt in Richtung Stuttgart. Der Tresor wurde liegen gelassen!«

Bisher war erst eine Streife an der AS Mundelsheim angekommen. Zwei Fahrzeuge hatten sich an der Ausfahrt Pleidelsheim postiert, dabei der Marbacher Dienstgruppenführer Reiner und Jochen. Zwei weitere Besatzungen vom Revier Ludwigsburg fuhren nach dieser Anschlussstelle auf der Autobahn in Richtung Stuttgart und wollten das eventuell von hinten kommende Tatfahrzeug in Empfang nehmen und es an der Weiterfahrt hindern.

Die Sprechfunkzentrale Dora aus Stuttgart schaltete sich jetzt ein. Es erfolgte die Durchsage, dass ein künstlicher Stau zu verhindern sei.

Die Hubschrauberbesatzung beobachtete an der AS Pleidelsheim, wie der BMW, wesentlich schneller als die anderen Fahrzeuge, geradeaus in Richtung Ludwigsburg, Stuttgart, fuhr. Reiner und Jochen fuhren hinterher.

Die Ludwigsburger Streife machte sich auf das Ankommen der Täter im BMW bereit. Sie fuhren auf gleicher Höhe und wollten die Fahrspuren zumachen.

Der BMW 325i, Fahrer Nusret, fuhr mit wesentlich höherer Geschwindigkeit, wie die Polizeifahrzeuge fuhren, auf diese zu und lenkte kurz vor dem rechten Polizei-Passat auf den rechten Standstreifen und zog vorbei. Bei der anschließenden Verfolgungsfahrt merkten die Polizeibeamten, dass der BMW schneller als die Dienstautos war.

Der Abstand vergrößerte sich – aber nicht für den Bussard!

Nusret hatte sich die Sache so nicht vorgestellt. Seine Kumpel meinten, dass das Ganze für ihn ohne Risiko sei. Er müsse nur den BMW fahren. Bisher war er mit dem Gesetz, bis auf einen kleinen Diebstahl im Supermarkt, noch nicht in Konflikt gekommen. Juri hatte ihn überredet, mitzumachen. Jetzt verfolgten ihn mehrere Polizisten. Er war zwar ein guter Fahrer und freute sich sogar, die Polizei abgehängt zu haben, doch wäre er am liebsten stehen geblieben und hätte sich gestellt. Seine Kumpane schrien auf ihn ein, Vollgas zu geben und an der Ausfahrt LB-Süd von der Autobahn runterzufahren.

Der Polizei-Helikopterbesatzung entging das nicht. Roman gab durch: »Tatfahrzeug fährt LB-Süd raus, fährt jetzt Richtung Ludwigsburg, biegt jetzt nach rechts ab, müsste Pflugfelden sein!«

Holger und ich fuhren auch mit über 200 km/h in Richtung dieser Ausfahrt, waren aber zum Zeitpunkt des Funkspruchs noch etwa drei Kilometer entfernt. Reiner und Jochen aus unserer Dienstgruppe waren näher dran. Sogar Jochen, der nicht als Risikofahrer gilt, gab ordentlich die Sporen.

Alle Durchgangsstraßen von Pflugfelden wurden besetzt.

Hubschrauberbegleiter Roman: »Tatfahrzeug wird westlich der großen Kirche abgestellt. Drei Täter laufen die Kirche entlang und verschwinden in einer Baumgruppe. Der andere Täter läuft in die andere Richtung in die Gärten hinein.«

Juri hatte sich von seinen Mittätern abgesetzt.

Bussard 803, Kollege Roman: »Die Streife, die gerade an der Kirche auf Höhe der Sackgasse ist, gleich dort nach links abbiegen. Zwei Täter verstecken sich hier hinter einem weißen Kastenwagen. Der dritte steigt dort gerade über eine Mauer!«

Thorsten aus Ludwigsburg und seine Kollegin Anne fuhren in die Sackgasse hinein. Dort entdeckten sie schnell den geparkten Kastenwagen. Thorsten stieg aus und fand den in dem schmalen Spalt zwischen der Mauer und der hinteren Stoßstange liegenden Nusret. Thorsten zog seine Pistole und wollte gerade vor dem Zugriff einen Warnschuss in die Luft abgeben, als er realisierte, dass dort ein Hubschrauber kreiste. Es war besser, die Waffe abwärtszurichten.

Bussardbegleiter Roman: »Der andere liegt vor dem da rechts am anderen Auto.«

Irvan wurde auch entdeckt und vorläufig festgenommen. Slavko irrte durch ein paar Vorgärten und blieb völlig erschöpft an einer Hecke sitzen. Er musste erst mal ausruhen und wollte warten, bis etwas Ruhe einkehren würde.

Holger und ich waren jetzt auch zu Fuß unterwegs. Gerade rief ein vom Hubschrauber sensibilisierter Anwohner beim Revier Ludwigsburg an und meldete, dass er aus seinem Garten Geräusche hörte. Er meinte, dass er vom oberen Fenster aus etwas vorbeihuschen gesehen habe, es könne eine Person gewesen sein.

Der Garten war mehrere Querstraßen vom Kirchengelände entfernt. Bussard wurde davon unterrichtet. Die Besatzung konnte mit der Kamera in dem beschriebenen Garten eine Wärmequelle ausfindig machen. Drei Fußstreifen wurden vom Hubschrauber an die richtige Stelle gelotst. Der Garten wurde umstellt. Slavko hatte keine Chance. Er musste sich abführen lassen.

Juri gelang es, sich in einem Geräteschuppen zu verstecken. Dort schlief er erst mal ein paar Stunden. Danach ging er auf Schleichwegen zum Bahnhof Ludwigsburg, besuchte einen in der Nähe wohnenden Kumpel. Vorerst war er in Sicherheit.

Slavko kam in die Zelle nach Marbach, Nusret und Irvan nach Ludwigsburg. Slavko hatte keinerlei Ausweispapiere dabei. Er nannte einen Namen, den er sich zuvor offensichtlich ausgedacht hatte. Als wir ihm erklärten, dass wir über seine wahrscheinlich im Fahndungssystem einliegenden Fingerabdrücke seine wahre Identität erfahren würden, nannte er seinen richtigen Namen. Sonst hatte er nichts zu erzählen. Schnell kam jetzt heraus, dass er wegen seiner Vorgeschichte zur Festnahme ausgeschrieben war.

Wir Marbacher wurden beauftragt, den zurückgelassenen Tresor sicherzustellen und die Spurensicherung durchzuführen. Manne wurde hiermit beauftragt.

Das Tatfahrzeug wurde mit dem Originalschlüssel gefahren. Da sich der Fahrzeughalter nicht bei den Festgenommenen befand, wurde seine Wohnung observiert, später dann auf gerichtliche Anordnung hin durchsucht. Dieser Mann war auch kein unbeschriebenes Blatt. Holger und ich unterstützten die Stuttgarter Kollegen bei der Durchsuchung. In der Wohnung war der Gesuchte jedoch nicht anzutreffen.

Die Ludwigsburger Kollegen stellten das Tatfahrzeug sicher. Darin befanden sich mehrere Kleidungsstücke der Insassen. Darunter auch Juris Handschuhe. Über diese »stummen Zeugen« kamen die Ermittler auf seine Spur. Es konnte ein DNA-Treffer verzeichnet werden.

Juri war identifiziert.

Die Kripo übernahm auch diesen Fall und führte Slavko, Nusret und Irvan am nächsten Tag dem Haftrichter vor. Es wurde Untersuchungshaft angeordnet.

Nach Juri wurde weiträumig gefahndet. Zwei Tage später wollte eine Fußstreife am Heilbronner Bahnhof bei ihm eine Personenkontrolle durchführen. Als klar war, dass es die gesuchte Person war, die sich zudem auch noch illegal hier aufhielt, versuchte man, ihn festzunehmen. Er wehrte sich, schlug und trat nach den Beamten, konnte jedoch nicht flüchten.

Bereits vier Wochen später wurde Juri in sein Heimatland abgeschoben. Slavko, Nusret und Irvan wurden ein paar Monate später zu Haftstrafen von jeweils einem Jahr und vier Monaten ohne Bewährung verurteilt. Nachdem sie die Hälfte der Strafe abgesessen hatten, wurden sie in ihr Heimatland abgeschoben. Gegen alle vier Tatgenossen des bandenmäßig begangenen schweren Diebstahls liegen derzeit Haftbefehle in der BRD für den Fall der Wiedereinreise vor.

Tödlicher Verkehrsunfall

Mitte Januar 2013 hatte es vormittags ausnahmsweise geschneit. Die Landesstraße 1115, der Autobahnzubringer von Backnang nach Mundelsheim, war leicht schneebedeckt. Auf den Fahrspuren hatte sich Schneematsch gebildet.

Der 35-jährige Helmut E. war mit seinem bereits etwas betagten 3er BMW Compact unterwegs zu seiner Arbeitsstelle nach Ingersheim. Er kam aus Richtung Backnang. Nachdem die Geschwindigkeitsbeschränkung von 70 km/h aufgehoben war, fuhr vor ihm ein blauer Kleintransporter, vor diesem ein weißer 7,5-Tonnen-Lkw. Diese beiden Fahrzeuge fuhren mit ca. 60 km/h Geschwindigkeit. In weiterer Entfernung kam ein großer 26-Tonnen-Sattelzug entgegen.

Helmut E. war etwas spät dran. So scherte er zum Überholen aus. Es hatte ihm noch gut gereicht, nach dem Überholen des 7,5-Tonners wieder rechts einzuscheren. Der entgegenkommende Sattelzug war langsamer, als er dachte. Sein BMW drehte sich jedoch aufgrund der rutschigen Fahrbahn beim Einlenken nach rechts etwas zu weit ein. Helmut versuchte, nach links gegenzulenken. Das Auto drehte sich jetzt aber zu weit nach links und kam mit der ganzen Länge quer auf die Gegenfahrbahn. Der 26-Tonnen-Container-Sattelzug einer Sinsheimer Spedition war jetzt aber schon fast auf dieser Höhe. Der Sattelzugfahrer bremste noch voll ab. Er konnte aber nicht verhindern, dass der BMW mit der gesamten rechten Fahrzeugseite gegen die Front des schweren Lkw stieß. Es entstand eine ungeheure Aufprallwucht.

Helmut E. war angeschnallt, er wurde im Fahrzeug eingeklemmt und von der Feuerwehr aus dem Fahrzeug geborgen. Seine Fahrersitzlehne brach durch, der Gurt verformte sich. Das Dach des kleinen BMW wurde hinten rechts stark in den Innenraum gedrückt. Der Lenkrad-Airbag löste nicht aus, vermutlich, weil der Aufprall seitlich erfolgte. Helmut E. war sofort bewusstlos.

Beim Eintreffen der beiden Marbacher Polizeistreifen um 09.21 Uhr waren der Rettungsdienst und die Kräfte der Feuerwehr bereits vor Ort, eine Streife aus Backnang ebenfalls. Die Straße wurde in beide Richtungen voll gesperrt. Die DRK-Besatzung hatte sofort mit der Reanimierung begonnen. Sie gaben uns zur Auskunft, dass Helmut E.s Zustand lebensbedrohlich sei.

Nachdem er im Sanka versorgt wurde, sah ich mir das Auto an. Es stand an einem Abhang und wurde von der Feuerwehr gegen Abwärtsrollen gesichert. Winterreifen waren montiert. An den Antriebsrädern war die Profiltiefe jedoch wesentlich geringer als auf den Vorderrädern. Der vierte Gang war eingelegt. Alles lag verstreut im Fahrzeug. Seine Wertsachen, der Geldbeutel und das iPhone wurden sichergestellt. Seine Freundin erwartete bereits eine Nachricht von ihm. Die Vesperbox mit den belegten Broten lag offen auf dem Boden. Ein Ordner mit Geschäftsunterlagen hatte sich im ganzen Innenraum verteilt. Der Lenkradkranz war von der Feuerwehr zur einfacheren Bergung abgetrennt worden.

Der zwischenzeitlich eingetroffene Revierführer und Wolfgang kümmerten sich um die Bergung der Fahrzeuge. Manne und ich versuchten, den genauen Unfallhergang in Erfahrung zu bringen. Der beteiligte Fahrer des Container-Lkw und die Fahrer der beiden Fahrzeuge, die Helmut E. überholt hatte, sagten aus, dass alle Fahrzeuge wegen der Witterung mit einer Geschwindigkeit von ca. 60 km/h gefahren seien. Der BMW-Fahrer hätte mit ca. 70–80 km/h überholt. Es hätte ihm aber, wie alle angaben, gut zum Einscheren gereicht. Seine Geschwindigkeit sei wohl für die schneeglatte, auf der Fahrspur matschigen Fahrbahn doch zu schnell gewesen. Möglicherweise hätte auch die unterschiedlich griffige Fahrbahn beim Wiedereinscheren mit nicht optimalen Reifen zum Schleudern geführt.

Der Verunglückte wurde vom Rettungsdienst auf die Intensivstation des Klinikums Ludwigsburg verbracht. Er erlitt multiple Schädel-Hirn-Verletzungen. Wir hofften, dass er überlebte.

Am Unfallort waren noch umfangreiche polizeiliche Ermittlungen durchzuführen: Spurensuche auf der Fahrbahn und im Auto; Sicherung der Spuren; die Fertigung von Lichtbildern, Zeugenvernehmungen; Sicherstellung der beteiligten Fahrzeuge; das Auslesen der Daten am digitalen EG-Kontrollgerät des beteiligten Lkw zur Berechnung der Bremsausgangsgeschwindigkeit; Verständigung eines Streudienstes.

Die Backnanger Kollegen wurden gebeten, die Verständigung der Angehörigen Helmut E.s und seiner Freundin S. durchzuführen. Ein Notfallseelsorger musste jeweils hinzugezogen werden. Zu diesem Zeitpunkt galt Helmut E. noch als lebensgefährlich verletzt.

Als ich gegen 10.40 Uhr wieder auf der Wache war, rief ich beim Klinikum an. Der Arzt sagte mir, dass die Person wahrscheinlich nicht überleben werde. Da musste ich doch erst mal schlucken!

Um 11.08 Uhr rief das Krankenhaus beim Revier an. Der Verunglückte sei gerade verstorben!

Das Revier Ludwigsburg wurde beauftragt, dort die Todesbescheinigung abzuholen. Etwas später meldete sich die dortige Streife und teilte mit, dass die Person doch noch nicht verstorben sei. Der Hirntod sei noch nicht eingetreten.

Um 18.46 Uhr erfolgte die Mitteilung vom Klinikum, dass die Person um 17.10 Uhr verstorben sei.

Die Angehörigen wurden vom Revier Backnang nochmals aufgesucht.

Im Nachtdienst angekommen hielt ich Rücksprache mit der Staatsanwaltschaft. Über die Leichenfreigabe werde morgen zur Bürozeit entschieden.

Fünf Tage nach dem Unfall suchten Toni und ich die Eltern des Verstorbenen im Rems-Murr-Kreis auf. An der Wohnadresse stand ein gepflegtes schneebedecktes Reiheneckaus. Unter einem Carport standen drei Motorräder. Helmut E. wohnte noch bei den Eltern.

Als ich läutete, umgab mich ein ungutes Gefühl. Der Vater, ergraut, wohl etwas älter als ich, öffnete uns. Er war freundlich und wirkte bereits gefasst. Frau E. machte auch den Eindruck, als ob wir willkommen seien. Es ergab sich ein Gespräch, bei dem sie sich wohl etwas Erleichterung verschafften.

Sie haben noch einen zwei Jahre jüngeren Sohn. Der Vater und die Söhne waren motorradbegeistert und unternahmen oft gemeinsame Ausfahrten. Wir kamen auf Helmuts Lebensgefährtin S. zu sprechen. Sie seien schon einige Jahre zusammen. Nach einem Streit und einer kurzen Trennung hätten sie sich wieder vereint. Seitdem wäre S. nicht mehr von seiner Seite gewichen.

Nachdem sie von seinem Tod erfahren hatte, sei sie innerlich zusammengebrochen. Zwei Tage war sie unauffindbar, sodass ihre Eltern bei der Polizei eine Vermisstenanzeige erstatteten.

Als Frau E. gestern Nachmittag in das Zimmer von Helmut ging, lag S. darin im Bett. Sie sei kaum ansprechbar gewesen. Ihre Eltern hätten sie dann abgeholt. Sie hatte sich wahrscheinlich durch die meist offene Haustür eingeschlichen.

Nach fast zwei Stunden, nachdem wir noch die Wertgegenstände aus dem Auto ausgehändigt hatten, verabschiedeten wir uns wieder. Ich wusste, wie ihnen zumute war. Auch ich musste vor einigen Jahren den Verlust des geliebten Bruders hinnehmen, der mit 21 Jahren bei einem Motorradunfall verstorben war.

Wir hinterließen die Daten des beteiligten Lkw-Fahrers. Dieser wollte den Eltern gegenüber nicht seine Wohnadresse und Telefonnummer angeben. Er hatte Befürchtungen, dass sie ihm Vorhaltungen machen könnten, und er wollte sich deshalb nicht bei ihnen melden.

Vonseiten der Polizei und der Staatsanwaltschaft wurden dem Lkw-Fahrer keine Vorhaltungen gemacht. Die Berechnungen anhand der Datenauslesungen vom Kontrollgerät im Lkw ergaben, dass er mit korrekter Geschwindigkeit gefahren war und noch stark abgebremst hatte.

Trotzdem hatte es Helmut E. nicht mehr geholfen.

Verunglückter BMW am Unfallort

AMOK Winnenden

Jochen, Holger, Benny und ich waren gerade auf der Wache, Reiner am Funk, als das Unfassbare über uns hereinbrach.

Um 09.30 Uhr hatten wir uns zum leicht verspäteten Frühstück getroffen. Danach waren wir entspannt. Die Sprechfunkzentrale Dora übermittelte eine Durchsage von der Einsatzzentrale Waiblingen an die Einsatzzentrale Ludwigsburg.

Im Display des Funktisches war der 11. März 2009, 09.57 Uhr, angezeigt.

»AMOK-Alarm Winnenden, Albertville-Realschule! Alle verfügbaren Kräfte an die Kreisgrenze verlagern!«

Mit Jochen fuhr ich mit flauem Gefühl im Magen los. Holger und Benny fuhren hinterher. Zufällig wusste ich den Weg zur Schule. Im Nachbarkreis kennt man sich oft nicht mehr so gut aus.

Um 10.02 Uhr waren wir auf Höhe des Hundetrainingsplatzes zwischen Weiler zum Stein und Leutenbach, als über Funk gemeldet wurde, dass der Täter die Schule bereits wieder verlassen hätte. Mehrere Personen seien bereits getötet worden.

Diese Mitteilung nahmen wir zum Anlass, dort alle Fahrzeuge, aus Richtung Winnenden kommend, zu kontrollieren. Eine Personenbeschreibung wurde übermittelt: männlich, ca. 25 Jahre, dunkle Haare. Täter trägt einen Tarnanzug.

Wir hatten gerade mal drei Fahrzeuge kontrolliert, da erhielten wir von unserer Einsatzzentrale den Auftrag, zur genannten Schule und zur dortigen Kräftesammelstelle am Parkplatz zu fahren.

Das Revier Marbach richtete eine weitere Kräftesammelstelle zur Bereithaltung von Reservekräften nördlich von Winnenden ein.

Reiner wurde als Leiter eingeteilt. Er hatte 16 Streifen plus einen Sanka für ein Fahndungskonzept zur Verfügung.

Am Parkplatz der Schule angekommen wurden Jochen und ich gleich mit der Sicherung eines Nebeneingangs beauftragt. Die Spezialkräfte des SEK, MEK und der Bereitschaftspolizei hatten bereits den Großteil des Hauptgebäudes durchsucht. Sie trugen ballistische Schutzhelme, Schutzwesten und Beinschutz. Wir konnten gerade noch unsere Schutzwesten überwerfen, standen jetzt ohne Mütze da und beobachteten den Eingang. Jeder von uns postierte sich hinter einem

Betonträger als Deckung. Ein SEK-Kollege rief uns eine kurze Anweisung zu.

Das Gelände war bereits weiträumig abgesperrt. Der Amokläufer Tim K. hatte das Gebäude zwar verlassen, man konnte aber nicht sicher sein, ob sich eventuell noch Mittäter im Gebäude aufhielten oder der Täter zurückkam.

Wir standen etwa 10 Minuten. In dieser Zeit kam niemand vorbei. So wurden wir wieder zur Sammelstelle beordert.

Eine halbe Stunde zuvor hatten sich in dem Gebäude dramatische Szenen ereignet. Tim K. aus dem Nachbarort Weiler zum Stein, ein ehemaliger Schüler dieser Schule, war, bewaffnet mit der Pistole seines Vaters und viel Munition, in mehrere Klassenzimmer eingedrungen und hatte neun Schüler, eine Referendarin und zwei Lehrerinnen erschossen. Sie lagen am Boden, saßen teilweise noch in den Bänken. Eine Lehrerin versuchte, sich noch schützend vor Schüler zu werfen, und verschloss das Klassenzimmer, als der Schütze nachlud. Dieser versuchte, die Tür wieder aufzuschießen, was ihm nicht gelang.

Wenige Minuten nach dem Eingang der ersten Notrufe stürmten Winnender Streifenbeamte unter Einsatz ihres Lebens die Schule. Sie konnten Tim K. aus der Schule treiben, verloren aber seine Spur. Er war von Lehrern und Schülern erkannt worden, hatte 2008 diese Schule verlassen.

Wieder am Parkplatz eingetroffen hörten wir am Funk, dass Tim K. auf seiner Flucht beim Klinikum einen Gärtner erschossen hatte! Mehrere Bürger meldeten danach bewaffnete Personen in der Fußgängerzone.

Wahnsinn, was war denn jetzt los!

Schnell stellte sich jedoch heraus, dass es sich um Kollegen in Zivilkleidung handelte. Der Amokläufer hatte kein Fahrzeug auf sich zugelassen. Es wurde vermutet, dass er eventuell mit dem Auto seines Vaters, ein Porsche, unterwegs sein könnte oder sich das Auto beim Elternhaus in Weiler zum Stein noch holen wollte. Die Kriminalpolizei organisierte die entsprechenden Überprüfungen und eine Durchsuchung dieses Anwesens.

Reiner überprüfte mit mehreren Streifen die infrage kommenden Verbindungswege vom Tatort zum Elternhaus und zum Firmensitz seines Vaters, einem Verpackungsbetrieb.

Tim K. konnte nicht angetroffen werden. Der Porsche stand in der Garage.

Die damalige Landespolizeidirektion Stuttgart richtete eine Interventionstelefonleitung ein. Besorgte Bürger konnten dorthin kanalisiert werden.

Es war zu befürchten, dass der Amokläufer eventuell noch weitere Schulen aufsuchen würde. Deshalb wurde an allen relevanten Schulen im Umkreis eine offene Präsenz durchgeführt und diese Einrichtungen gesichert. Viele Schulen entließen die Schüler zur fünften Schulstunde. Sie wurden meist in Fahrgemeinschaften nach Hause gebracht.

Mein guter Bekannter, Rudi P., von der Kripofahndung, war vor Ort als Funkmeldekopf in der Schule eingesetzt. Die aktuellen Sachstände wurden dort an die Presse weitergegeben. In der Hektik der Ereignisse wurde anscheinend so manches danach nicht ganz so detailliert berichtet. Die Übergabe der Schüler an die Eltern zog sich bis in die Nachmittagsstunden hin. Für die Angehörigen der Getöteten waren mehrere Notfallseelsorger eingesetzt.

Kurz nach 12 Uhr ein Fahndungshinweis auf den Amokläufer. Im Bereich Nürtingen, B 313, kam gerade ein Russlanddeutscher zu einer Kontrollstelle und sprach die Beamten an. Atemlos sagte er aus, dass er von einem jungen Mann gekidnappt worden sei. Er habe ihm seinen VW Sharan, grün, AA-Kennzeichen, unter Waffenvorhalt abgenommen und er würde eine ganze Tasche voll mit Munition mit sich führen. Eine Streife meldete, dass dieses Fahrzeug an der Autobahnauffahrt zur Autobahn 8, Anschlussstelle Wendlingen, unbesetzt aufgefunden worden sei.

Etwa 10 Minuten später wurde eine Schießerei, vermutlich beim Kaufhof in Wendlingen, gemeldet. Die SEK-Kräfte verlegten ihren Standort dorthin. Kurz danach die Meldung, dass bei den Autohäusern Hahn und Ritter geschossen worden sei.

Ein Pfarrer bot sich an, falls dort ein Seelsorger benötigt würde. Ein neuer Kräftetreffpunkt wurde eingerichtet. Der bereits eingesetzte Hubschrauber Bussard 803 flog ebenfalls dorthin.

Wieder begann ein wilder Schusswechsel. Mehrere Einschüsse in einer Schaufensterscheibe zeugten davon. Tim K. schoss einer Kollegin durch beide Wangen quer durch den Mund. Im Autohaus Hahn wurden zwei weitere Tote aufgefunden. Drei Beamte wurden schwer verletzt.

Jetzt wollte ich meine Frau und meinen Sohn anrufen. Fehlanzeige! Die meisten Netze waren durch die vielen Gespräche überlastet.

Insgesamt tötete Tim K. 15 Menschen und sich selbst. Viele wurden schwer verletzt und benötigen heute noch psychologische Betreuung.

Nach der Tat warf man dem Vater des Täters vor, die Tatwaffe zuvor unverschlossen im Haus aufbewahrt zu haben, obwohl der Sohn angeblich sogar wegen psychischer Probleme bereits in einer Klinik vorgestellt worden war.

Es begann ein langwieriger Strafprozess, später ein Zivilverfahren mit unzähligen Schadensersatzforderungen. Nachdem es zu Drohungen gegen den Vater gekommen war, wurde sein Haus unter Polizeischutz gestellt. Etwa ein halbes Jahr nach dem Vorfall löste deren Alarmanlage aus. Es handelte sich um einen Fehlalarm. Frau K. erklärte mir den Grund der Auslösung. Danach fragte ich sie, wie es jetzt so gehe. Sie machte einen freundlichen Eindruck, dankbar für die Nachfrage. So fragte ich sie anschließend, ob sie ihren breiten Ford Escort noch habe, weil ich auch so ein Fahrzeug besitze. Sie hatte noch. So was gibt man doch nicht mehr her.

Nach diesem Ereignis in Winnenden wurde das AMOK-Training bei der Polizei noch intensiviert. In früheren Jahren wurden bei ähnlichen Amoklagen von den Polizeikräften weltweit oft beim Einsatzbeginn nur die Gebäude umstellt, bis die Spezialkräfte eintrafen und diese dann in das Gebäude eindrangen, um das Töten zu beenden. Diese Vorgehensweise war auf Dauer nicht mehr zu verantworten. Ein nach Möglichkeit sofortiges zielgerichtetes Vorgehen und Ausschalten des Amokläufers ist jetzt Pflicht für alle Polizeibeamten. Damit der Einsatz gelingt und sich das Risiko für die eingesetzten Beamten so gering wie möglich hält, werden jetzt fortlaufend derartige Einsatzlagen trainiert.

Die Winnender Kollegen setzten diese Grundsätze bereits um. Sie stürmten zeitnah, entschlossen und mutig das Schulgebäude und verhinderten so ein weiteres Töten.

Am Tag danach zeigte mir Jochen ein Bild, das er gemacht hatte. Ich war darauf, ganz klein, am Haupteingang der Schule stehend, neben den einmarschierenden Durchsuchungskräften. Das Bild stand in Relation zu meinem bescheidenen Beitrag und dem Einsatz der zuerst eingetroffenen Kollegen.

Es bleibt nur zu hoffen, dass sich ein derartiger GAU nicht mehr wiederholt.

Einsatzkräfte an der Albertville-Realschule

Alkoholiker

Anfang August, nachmittags um halb vier, wurde ein vermutlich betrunkener Mofafahrer gemeldet. Er sei in Schlangenlinien mit einem alten Mofa zum Edeka-Markt Oberstenfeld gefahren. Jetzt sei er auf dem Parkplatz des Marktes, habe einen Bierflaschenständer von seinem Gepäckträger geladen und sei hineingegangen.

Eva und ich sprachen mit dem Mitteiler auf dem Parkplatz. Bei unserem Eintreffen war der Mofafahrer nicht mehr da. Er sei bereits wieder weggefahren. Das Kennzeichen hatte sich der Anrufer aufgeschrieben. Den Fahrer konnte er beschreiben: 45 bis 55 Jahre, kurze Hose, T-Shirt, helles Haar.

Wir stellten den Fahrzeughalter fest: Franz A. Er wohnte nicht weit entfernt in einem schönen älteren Zweifamilienhaus.

Schon als wir gegen 15.50 Uhr vorfuhren, bemerkte Eva durch die Verandatür, dass jemand zu Hause war. Franz A. kam in den Vorgarten, als er uns bemerkte. Ich erklärte ihm, was vorliege und dass er zur Sache keine Aussage machen müsse, da der Verdacht einer Straftat, folgenlose Trunkenheit beim Führen eines Kraftfahrzeugs, gegeben sei. Er machte keinen betrunkenen Eindruck, sagte, dass er ein Bier getrunken habe, als er, bereits gegen 13 Uhr, vom Einkaufsmarkt nach Hause gekommen sei.

Wir schlugen ihm vor, dass wir gerne einen Blick auf sein Mofa werfen würden, falls er damit einverstanden sei. Es stand in der geschlossenen Garage. Das Motorgehäuse war noch warm.

Franz A. war mit einem Alkoholtest einverstanden. Es ergab sich ein Wert von 2,7 Promille! Wow, alle Achtung! Er zeigte uns noch die leere Flasche in der Küche, die er nach dem Einkauf im Wohnzimmer getrunken hatte. Aber auf ein Bier mehr oder weniger kam es bei dem Wert eigentlich auch nicht mehr an. Daher war der normale und freundliche Eindruck bei ihm auffallend. Seine Erklärungen zur Sache waren detailliert, bis auf die Zeitangabe 13 Uhr.

Das konnte nicht stimmen, da der Zeuge angeblich kurz nach seiner Beobachtung gleich angerufen hatte.

In seinem Wohnhaus war alles sauber, perfekt aufgeräumt und modern eingerichtet. Es stand absolut nichts Unnötiges herum. Ein toller Speckstein-Kaminofen, den er selbst installiert hatte. Franz A. war Dreher, jetzt in Rente. Das Haus hatte er sich mühsam erspart.

Alles ging seinen üblichen Gang. Ein Anruf beim Staatsanwalt erfolgte, obwohl Franz A. mit der Blutentnahme einverstanden war.

Die Ärztin im Krankenhaus vermerkte in ihrem Befund, dass er »kaum merkbar« unter Alkoholeinwirkung stand.

Der Mofafahrer erzählte, dass ihm sein Führerschein schon vor drei Jahren von der Polizei abgenommen worden sei. Er habe damals auf einem Parkplatz ein Auto leicht beschädigt und sei weitergefahren. Anschließend wurde er von der Polizei ermittelt und es wurde bei ihm Alkoholbeeinflussung bemerkt. Ein paar Jahre zuvor sei auch schon was mit Trunkenheit im Verkehr gewesen.

Da war sein Führerschein weg. Er wollte auch keinen mehr haben. Deshalb besorgte er sich das führerscheinfreie Mofa Puch.

Damals schon habe er eine zunächst erfolgreiche Alkoholentzugstherapie gemacht. Er sei jedoch wegen seiner familiären Probleme rückfällig geworden.

Vor neun Jahren war seine Frau gestorben. Er hatte sie nach ihrem Krebsleiden lange zu Hause gepflegt. Seine zuletzt im Haus wohnende Lebensgefährtin erlitt das gleiche Schicksal und verstarb vor einem Jahr.

Jetzt, nach dieser neuen Alkoholfahrt, hatte Franz A. wegen der Vorgeschichte große Angst vor einer Bestrafung. Er vermutete, dass man ihn wohl hart bestrafen würde, und fragte mich mehrmals, ob es jetzt eine Gerichtsverhandlung gebe.

Ich sagte ihm zu, dass ich das in Erfahrung bringen würde.

Er meinte, dass er sehr erleichtert sei, dass er jetzt wieder etwas gegen seine Alkoholsucht unternehmen müsse. Er habe es freiwillig einfach nicht geschafft und freue sich, das Problem anzupacken.

Ich meldete mich ein paar Tage später, nachdem ich mit dem zuständigen Staatsanwalt gesprochen hatte. Dieser sagte mir, dass aufgrund der Vorstrafen eine gerichtliche Anhörung stattfinden würde. Der Termin werde ihm rechtzeitig bekannt gegeben. Dies bedeutete, dass eventuell eine Haftstrafe ausgesprochen werden könnte. Das gab ich Franz A. aber so nicht weiter.

Ich suchte ihn eine Woche nach dem Vorfall privat auf und machte ihm klar, dass er sich mit der gerichtlichen Vorladung auseinandersetzen müsse. Da er ja alles daransetzen wollte, von der Sucht wegzukommen, sprachen wir darüber, was im Einzelnen zu unternehmen sei. Er meinte, dass er jederzeit nach Weinsberg für eine vierwöchige

Therapie in der Psychiatrischen Institutsambulanz, mit anschließender Nachsorge, gehen könne. Er sicherte mir zu, dass er sich außerdem an eine Selbsthilfegruppe für Alkoholiker wenden würde.

Wir dachten darüber nach, dass schriftliche Bestätigungen für die jeweiligen freiwilligen Bemühungen bei einer im Raum stehenden Gerichtsverhandlung hilfreich wären, wenn man sie dem Gericht vorlegen würde.

Zwei Monate später rief mich Franz A. an und sagte, dass er die Vorladung zum Gerichtstermin bekommen habe. Ihm sei jetzt schon himmelangst! Einen Anwalt wollte er sich nicht nehmen.

Ich sagte ihm zu, dass ich bei dem Gerichtstermin dabei sein werde.

Er hatte einen schriftlichen Befund von der Klinik in Weinsberg vorliegen, der förmlich an das Amtsgericht gerichtet war.

Am Tag der Verhandlung, die vormittags stattfand, hatte ich Frühdienst. Wir hatten eine Revier-Dienstversammlung. Ich fragte bei Gericht an, ob ich anwesend sein könne. Man hatte nichts dagegen. Im Gerichtssaal waren nur die Richterin, die Staatsanwältin, der Gerichtsschreiber und der Angeklagte, Franz A., sowie ich als nicht geladener Zuhörer in Uniform.

Der Beschuldigte durfte zuerst seine Geschichte erzählen. Er erzählte auch im Einzelnen, was er bisher alles unternommen hatte, um von der Sucht wegzukommen. Ich hatte nicht den Eindruck, dass die schriftlichen Unterlagen dem Gericht vorlagen, und sprach Franz A. in einem Moment, als nicht gesprochen wurde, darauf an, ohne dass mir die Richterin zuvor das Wort erteilt hatte. Sofort wies sie mich zurecht und sagte, dass es so nicht gehe. Der Einwand war aber nicht umsonst. Die Richterin fragte Franz A., ob er schriftliche Unterlagen dabeihabe. Den Bericht vom Zentrum für Psychiatrie in Weinsberg legte er erst jetzt vor.

Nun kam die Staatsanwältin an die Reihe. Sie war noch recht jung und wirkte gleich ziemlich forsch. Sie erklärte, dass sie aufgrund der zurückliegenden Vorfälle unter Alkoholeinwirkung im Straßenverkehr und dem aktuellen Fall von einer entsprechenden Unbelehrbarkeit ausgehe und sie deshalb eine viermonatige Haftstrafe ohne Bewährung beantragt!!

Stille im Saale.

Danach sagte sie einige Sekunden nichts, ließ die Ansage wirken.

Diese Wirkung trat bei Franz A. ein. Er war von einer saftigen Strafe ausgegangen, aber mit Haft hatte er eigentlich nicht gerechnet. Er sackte am Tisch sichtlich zusammen.

Die Staatsanwältin sprach nach dieser kurzen Atempause weiter. Sie habe hier auch mitverfolgt, dass sich Franz A. freiwillig und ernsthaft um Therapien kümmerte, um von seiner Sucht loszukommen. Daher wolle sie die Haftstrafe zur Bewährung beantragen.

Die Richterin erklärte, dass sich das Gericht zur Beratung zurückziehe.

Nach fünf Minuten wurde das Urteil verkündet. Die Richterin erklärte, dass die beantragte Haftstrafe zur Bewährung ausgesetzt werde. Herr Franz A. erhalte einen Strafbefehl in Höhe von 1.000 Euro. Das Führen eines auch führerscheinfreien Mofas werde hiermit für die Dauer von drei Monaten untersagt. Zudem werde das Gericht einen Bewährungshelfer bestellen, der ab und zu nach dem Rechten schauen sollte.

Der Angeklagte meldete sich jetzt und sprach zur Richterin: »I brauch koin Bewährungshelfer! Dr' Polizist, dr' Herr Axmann, der guckt ab und zua nach mir, ruft mih ah und sagt, A., wie goht's dr?«

Die Richterin erklärte ihm natürlich, dass ein Polizist keinen Bewährungshelfer ersetzen könne.

Nach der Verhandlung sagte mir Franz A., dass er sehr erleichtert sei, und er bedankte sich herzlich für alles. Er werde jetzt die Gelegenheit ergreifen, um endgültig von der Sucht wegzukommen.

Ein paar Tage danach traf ich Franz A. bei einem Einsatz am Bahnhof Marbach. Eine junge Trickbetrügerin hatte im Kaufland-Einkaufszentrum eine alte Frau angesprochen und eine Taubstumme imitiert. Sie gestikulierte, dass sie etwas Geld brauche. Die Frau holte ihren Geldbeutel und wollte ein 2-Euro-Stück herausholen. Die scheinbare Taubstumme fummelte an deren Geldbeutel herum. An der Kasse bemerkte die alte Frau, dass der einzige 50-Euro-Schein weg war. Im Markt wurde bemerkt, wie die Taubstumme zum Ausgang hinauslief. Man konnte sie gut beschreiben.

Benny und Alessandro kontrollierten die beschriebene Frau am Bahnhofsvorplatz. Das Geld war schon weg. Sie stritt alles ab.

Gerade hatte ich die alte Frau im Streifenwagen sitzen, um sie vor Ort der Verdächtigen gegenüberzustellen. Sie war sich sehr unsicher und zweifelte jetzt, da die junge Frau ja auf einmal wieder sprechen konnte.

Plötzlich stand Franz A. neben mir am geöffneten Seitenfenster und streichelte mir mit der Hand zweimal über die Wange! Er strahlte über das ganze Gesicht und machte einen glücklichen Eindruck. Momentan sei der Alkohol kein Problem mehr. Neulich sei er in einer Besenwirtschaft gewesen und alle um ihn herum hätten Alkohol getrunken. Da sei er froh an seiner Cola gewesen. Nur der Alkoholgeruch hätte ihn etwas gestört.

Seitdem meldete ich mich auch privat bei ihm. Mittlerweile gehe ich mit Franz gelegentlich spazieren, danach in die Besenwirtschaft.

Der Autor

Harald Axmann ist Geburtsjahrgang 1957
geboren in Aalen/Ostalbkreis/BW,
verheiratet, 1 Sohn
Polizeihauptkommissar beim Polizeirevier in Marbach am Neckar,
im Streifendienst tätig

Dank an die Berater

Susanne Gentner
Frank Bartel
Oliver von Schaewen
Alessandro Geyer
Frederic Axmann
Markus Lang

Bildquellennachweise

Umschlagbild Porsche Archiv
Freigabe von der Rechtsabteilung/Museum, Dr. Fischer

AMOK Revier Marbach
Freigabe Marbacher Zeitung, Fr. Elke Orth

Persönliches Bilderalbum
Altes Marbacher Revier
Franz in der Altstadt
Audi 60 Brandort
Neues Revier
Verunglückter BMW
AMOK Winnenden
Rückwärtiges Umschlagbild